KB017366

내가 보기에 좋은 것,
남도 알았으면 싶은 걸 알릴 때 쓴다

글쓰기의 쓸모

내가 보기에 좋은 것,
남도 알았으면 싶은 걸 알릴 때 쓴다

글쓰기의 쓸모

손현 지음

북스톤

죽은 후에도 글쓰기는 계속된다

새벽 4시 30분, 아버지에게 전화가 왔다. 평소 아침잠이 많은 편인데도 그날은 바로 깨어나 전화를 받았다. 이미 여섯 시간 전에 아버지와 중환자실에 함께 있던 터라 무슨 내용인지 어렴풋이 알고 있었다.

"현아, 할아버지께서 돌아가셨다."

가까운 사람의 장례를 직접 치러본 사람은 알겠지만, 고인이 세상을 떠난 직후 남은 사람들은 슬퍼할 여유가 없다. 처리해야 할 일이 은근히 많다. 정신을 차려보니 아버지와 고속터미널 근처의 어느 장례식장 상담실에 앉아 담당 직원의 안내를 듣고 있었다. 고인에게 어느 재질의 수의를 입힐지, 화장터에 들어갈 관의 재질은 삼나무가 나을지 오동나무가 나을지, 화장 후 유골은 어느 크기의 단지에 담을지 등을 정해야 했다. 평소에는 접할 일도, 고를 일도 없는 장례용품이 이렇게 다양한 줄 몰랐다. 심지어 조문객에게 내어줄 음식 메뉴도 선택해야 했다. 육개장이 나을지 쇠고기 뭇국이 나을지.

장례 미사를 치르기로 했다. 상주인 아버지와 고모, 그리고 세상을 떠난 할아버지 모두 가톨릭 신자다. 담당 직원이 장례 미사 신청서를 건네며 문서 아래에 있는 빈칸을 가리켰다. "여기 고인의 간단한 약력이나 특기 사항을 세 줄 정도로 써주실 수 있을까요? 신부님이 이걸 토대로 고인을 소개하거든요."

엄숙한 장례식장에서도 웃을 일은 있다. 각자의 기억 속에서 꺼낸 할아버지의 모습은 전부 달랐다. 내가 기억하기로 그는 소위 한량이었다. 젊으실 적엔 할머니 속도 꽤 썩였다고 들었다. 미국에 계신 이모할머니는 그래서 할아버지가 밉다고 말하기도 했다.

할아버지와 연관된 몇 가지 기억이 떠올랐다. 내가 초등학생일 적, 그는 늘 강조했다. "학교에 가면 운동장에 가방을 놓고 몇 바퀴씩 달리기부터 하렴. 체력이 제일 중요해. 건강이 최고다!" 어쩌면 그 영향으로 20대 후반에 마라톤 풀코스를 완주하고, 건강염려증을 여전히 달고 사는지도 모르겠다. 대학교에 입학하고서는 할아버지가 점심을 사주시겠다고 해서 남부터미널 근처의 돈까스 집에서 만난 적도 있다. 요즘 뭐하고 지내시냐고 여쭤봤더니 종일 은행에 앉아 주식 현황판을 바라봤다는 이야기를 들었다. 할아버지는 이렇게 덧붙였다. "넌 주식하지 마라."(할아버지, 저는… 미국 주식 조금 샀어요.)

각자 할아버지와 연관된 기억들을 풀어놓으며 웃다가 결국 아버지가 정리했다. 이게 할아버지에 관한 마지막 공식 기록이다.

고인은 경남 마산 출신으로 오랫동안 교편생활을 하였습니다. 1972년 서울로 이사하여 가족들과 함께 단란하게 지내시다가 10여 년 전부터 다리가 불편하여 요양원에 계시다가 며칠 전 폐렴 증세가 와서 타계하셨습니다. _2019년 9월 7일 할아버지 장례 미사 신청서

죽은 후에도 글쓰기는 계속된다. 조부상祖父喪을 치르며 얻은 교훈이다. 직접 쓰지 않더라도 누군가 나의 인생을 이렇게 기록한다. 이미 〈뉴욕타임스〉 등의 신문에서는 유명인의 부고 기사를 정성 들여 쓰고, 일부를 엮어 책으로 내기도 한다. 언젠가 나도 내 인생을 세 줄에 담아야 할 텐데, 그땐 어떻게 적어야 할까? 1925년에

태어나 2019년에 세상을 떠난 할아버지는 1984년에 태어난 내게, 인생을 더욱더 즐겁게 살라는 교훈을 남기고 떠났다. 본인의 기록은 너무 심심했으니까.

나의 인생을 세 줄로 표현한다면

이 책은 글쓰기 책이 아니다. 아마도 '글쓰기'나 '자기계발' 책으로 보이겠지만, 실은 자기를 계발하자는 내용도 아니다. 그보다는 스스로를 다시 발견하자는 내용에 가깝다. 당신에게도 묻고 싶다.

'지금 당신의 인생을 세 줄로 표현한다면?'

여기에 답하려면, 다음 질문에도 대답할 수 있어야 한다. 내가 살아온 시간, 일해온 시간을 어떻게 기록하고 앞으로 어떻게 살 것인가. 그 기록과 이야기는 우리 삶보다 생명력이 길다. 기록과 이야기는 오래도록 남아 다시 당신을 드러낸다.

이 책은 글쓰기 책이 맞다. 나를 표현하려는 사람, 그걸 글로 쓰려는 사람, 그 글을 좀 더 잘 쓰려는 사람을 위한 책이다. 물론 기록 자체의 필요성을 크게 공감하지 않는 사람들도 많다. "굳이 나의 일거수일투족을 SNS에 올리고 싶지 않아. 나에 관한 모든 기록이 사라졌으면 좋겠어"라고 말하는 친구들도 종종 있으니까. 이러한 생각도 충분히 존중한다. 이것 역시 남에게 간섭받지 않을, 개인의 권리다. 글을 쓰는 나조차 요즘 이 부분에 관심을 갖고 있지만, 결정적으로 '글쓰기의 쓸모'는 나를 위한다는 사실에 여전히 쓴다.

책은 크게 네 부분으로 구성되어 있다. 첫째, 나는 왜 쓰는가. 나도 처음부터 글 쓰는 사람은 아니었다. 공장을 짓다가 어쩌다 보니 이제는 글을 짓고 있다. 내가 어떻게 엔지니어링에서 콘텐츠로 업을 바꿨는지, 직접 경험한 글쓰기의 효용은 무엇인지, 개인 경험을 담았다. 퍼스널 브랜드를 이야기할 때 브랜드에 방점을 찍는 시대에, 어떻게 하면 나다운 중심을 오래, 효과적으로 잡을 수 있을지 고민해봤다.

둘째, 무엇부터 써야 나다울 수 있을까. 일단 써야 한다는 것이 가장 중요하다. 나다움에 필요한 글감은 이미 내 주변과 내면에 있다. 글을 써야 한다고 생각하는 순간, 종종 소홀히 흘려보냈던 감정부터 잡기로 하자. 사실 글에도, 글감이 되는 일상에도, 무심코 한 필사에도 감정은 있다. 자신의 감정이나 일상에서 쓸 게 없다면 누군가의 글을 따라 적는 것도 도움이 된다.

셋째, 나답게 잘 쓰려면 어떻게 해야 할까. "쓰면 뭐해, 잘 써야

지." 이 책의 기획을 제안한 편집자가 무심코 던진 말이다. 내가 현재 콘텐츠 매니저나 에디터로 불리고 있고, 종종 글을 쓰거나 다듬는 일로 경제활동을 하기 때문에 이 말은 중요하다. 기획자나 마케터, 심지어 회사의 대표 등 글을 '제때' '잘' 써야 하는 직업인에게도 마찬가지다. 한 명의 직업인으로서 지금까지 일하면서 학습한 글쓰기 노하우와 글쓰기에 관한 고민들을 공유한다. 대체로 직업으로서의 글쓰기가 중요한 이를 염두에 두었다.

넷째, 긴 글의 중요성에 대해 썼다. PC보다는 모바일로, 글보다는 영상으로 콘텐츠를 더 많이 접하는 시대다. SNS에 올리기조차 쉽지 않은 '긴 글'이라니 의아할 수 있다. 그러나 자신의 생각과 삶에 내러티브를 만드는 데 긴 글쓰기만큼 효과적인 게 없다고 믿는다. 이 작업은 누가 대신해줄 수 없다. 긴 글을 '잘' 쓴다는 건, 결국 잘 살아가기 위한 문제이기도 하다.

"다른 친구는 누군가의 이야기를 들으면, 그걸 그렇게 글로 쓰고 싶어서 못 견디겠대." 일하면서 알게 된 동료의 말에 '실은 나도 그래…'라고 대답할 뻔한 적이 있다. "신기하네. 그래서 뭐라 그랬어?" 애써 남일처럼 물었다. "뭐라 하긴. 평생 쓰는 사람으로 남으라고 했지. 그게 친구에게도 행복한 길인 것 같아."

쓰고 싶은 욕망이 강렬한 건 좋을 수도, 위험할 수도 있다. 어느 욕망이든 적당한 수준이 건강하다. 나도 처음부터 '쓰는 사람'으로 자란 건 아니었을 텐데, 가끔은 왜 이렇게 컸나 싶을 때가 있다. 돌이켜보면 유년기부터 입학이나 졸업, 입대나 제대 등 인생의 중요한 이벤트마다 손수 쓴 편지를 주고, 세계 곳곳으로 여행을 함께한 아버지와 어머니의 영향이 크다.

시간이 흘러 이제는 그 욕망을 받아들였다. 그게 내게도 행복한 길이라고 생각한다. 평생 쓰는 사람으로 살고 싶다. 거기서 얻는 즐거움을 더 많은 사람들과 나누고 싶다. 이 책도 그 여정의 일부다. 여행을 즐기며 언젠가 자신의 책을 쓰고 싶어 하는 아버지 손훈, 한때 불면증에 시달리다가 틈틈이 본인 이야기를 글로 풀어보려는 어머니 김명은, 내게 무한한 글쓰기 영감을 주는 배우자 양수현과 갓 태어난 딸 손서우, 그리고 나와 같은 욕망을 가진 독자 여러분께 이 책을 바친다.

PART 1

글쓰기가 있는 인생은
꾸준히 성장한다

글쓰기가 내 삶을
증명하기 시작했다

—

모든 성공과 실패의 순간에는 기록이 존재한다. 성공이라고 여긴 첫 취업도 실은 몇 년 뒤 내 발목을 잡은 실패였다. 삶의 변곡점에 서 있을 때는 실패일지 성공일지 알 수 없다. 불안한 마음으로 내가 할 수 있는 것은 오직 쓰기다.

그동안 기록과 역사는 주로 권력을 가진 자, 승리한 자의 편이었다. 기록한 사람은 스스로 역사가 되어 결국 자신의 삶에서도 승리할 수 있다는 의미이지 않을까. 오직 쓴다.

내 세계의 지평이 넓어지는 기분

2011년 건축학과를 졸업하고 설계 사무소에 가지 않기로 결심하면서 이 이야기는 시작한다. 졸업 즈음 전공과 상관없는 일자리를 기웃거리다 결국 플랜트 엔지니어링 회사의 신입사원으로 들어갔다. 그리고 반년이 지날 무렵, 여수의 정유·석유화학 공장에서 한 달가량 3교대 근무를 체험하며 현장 교육을 받았다. "비행기가 잠시 후 이륙합니다. 승객 여러분께서는 안전벨트를 확인하여 주시고, 이륙 후 안전을 위하여 안내 방송이 나올 때까지 벨트를 꼭 착용하여 주시기 바랍니다." 여수행 비행기의 안내 멘트가 내 커리어의 난기류를 예고한 걸까? 서울에서 태어나 자라고 교육받아온 내가 아는 세계는 극히 일부에 불과하다는 걸 여수에서 깨달았다.

일하는 환경과 사람이 달랐다. 광양만과 남해를 면하고 있어 손바닥으로 허공을 휘휘 저으면 바닷가 공기가 느껴질 정도로 습했다. 미끄러운 공기 사이로 가끔씩 화학 공장 특유의 시큼한 약품 냄새가 났다. 한편 생산직 사람들은 이곳에서 수십 년간 일해온 데 자부심을 갖고 있었다. 고졸 학력으로도 연봉 1억 원 이상 받는 그들은 스스로를 '박정희 정권의 마지막 키드'라고 부르며 국가 주도 개발의 혜택을 누리고 있다고 덧붙였다. 화학 공장의 전반적인 운영 방식, 각 건물의 용도를 파악하는 업무보다는 1960년대생 공장 운영자의 이야기를 듣고 수집하는 게 재미있었고, 그만큼 내 세계의 지평이 넓어지는 기분이었다.

여수 공장에서 교육을 마치고, 서울 본사로 돌아와 엔지니어로 일하는 동안 서서히 느끼고 있었다. 나는 좋은 이야기, 흥미로운 이야기에 끌리고 그걸 글로 표현하고 싶은 욕망이 강하다는 걸 말이다. 동시에 플랜트 엔지니어 업무를 잘할 수 없을 거라는 사실도 객관적으로 인지했다. 대학교 때 구조역학, 화학만 D학점을 받은 사람이 화학 공장의 철골 구조물을 설계해야 하다니, 아무래도 비행기를 잘못 탄 게 확실했고, 안전벨트를 풀어야 했다.

다른 길이 있다는 확신이 든다

그즈음 매거진 〈B〉(이하 B)의 존재를 알게 됐다. 2012년 여름의 일이다. 당시 B는 선글라스 브랜드 레이밴을 다룬 여덟 번째 이슈를 발간하며 시장에 서서히 존재를 알리고 있었다. 이곳에 합류하여 성공한 브랜드를 만든 기업 경영자, 브랜드 담당자, 고객

들을 직접 취재할 수 있으면 좋겠다고 생각했다. 마침 패션 잡지 에디터인 친구를 통해 B에서 에디터를 채용 중이라는 소식을 접했다. "글 좀 쓸 줄 알고, 이미지에 대한 감이 있는 사람이면 좋겠대." 그가 전한 유일한 채용 정보였다. 직접 만든 텍스트와 이미지를 어떻게 보여주면 효과적일까? B의 기존 이슈들을 참고하여 나를 셀프 브랜딩한 매거진 〈손현〉 버전을 만들어 편집부에 보냈고, 면접 기회를 얻었다. 그리고 에디터로 전업하는 데는 실패했다.

구직 시장에도 수요 공급 법칙이 존재한다. 하고 싶은 일과 잘할 수 있는 일은 분리해서 접근하는 게 맞다. 대부분의 회사는 그들에게 당장 필요한 걸 잘하는 사람을 원하기 때문이다. B 입장에서 나는 당장 필요한 사람은 아니었지만, 운 좋게 객원 리서처, 객원 에디터 포지션을 얻었다. 이는 결과적으로 큰 도움이 됐다. 2013년 1월부터 B의 객원 멤버로 일하는 동안 하고 싶은 일을 조금씩 경험하며, 원하는 만큼 실제로도 잘할 수 있는지 시험할 수 있었다. 사실에 기반하여 글쓰기, 사실 관계를 다시 확인하기, 주관을 배제한 글쓰기, 기획 및 가이드 분량에 맞춘 원고 작성, 브랜드의 IR 자료 및 재무제표 분석, 고객 코멘트 수집 등을 하며 콘텐츠 제작을 업으로 삼은 사람들 곁에서 조금씩 배울 수 있었다. 비록 엔지니어로서 받는 급여가 높았으나, 객원 에디터로 일하면서 느낀 심리적 보상이 훨씬 컸다. 그때 내게 중요한 자원은 시간이었다. 설령 이 선택이 또 실패더라도, 그다음 기회를 찾아 나설 시간이 있다고 생각했다.

평일에는 엔지니어로 주말에는 에디터로, 그렇게 2년 반을 더 일했다. 한 가지 업을 제대로 하기도 벅찬데 두 개를 동시에 하다 보니 서서히 피로가 쌓였다. 마음 깊은 곳에서 의구심도 생겼다. '지금 제대로 살고 있는 거 맞나?' '나중에 엔지니어도 아닌, 에디 터도 아닌 애매한 포지션이 되면 어떡하지?' 언제까지고 두 가지 일을 병행할 수는 없었다. 퇴사를 두 달가량 앞두고 회사 내 심리 상담실을 찾았다. 일주일에 한 번씩 꾸준히 대화를 나누며 내 상 태를 객관적으로 바라보고 나아갈 방향을 찾고 싶었다. 본질적 성향이 어떤지, 지금의 모습은 조직 내에서 단지 '가면'을 쓰고 있 는 건지 혼란스러웠다. 상담실장은 "여러 모습의 '나'가 있는데, 이 모두를 만나게 해야 온전히 자기 수용이 되고, 그래야 자기 객 관화가 가능해진다"고 조언했다. 그렇게 내 마음을 되짚어 보니, 번잡하던 주변이 많이 차분해졌다. 결과적으로 온전한 자기다움 을 찾을 수 있는 '다른 길'이 있을 거라는 확신이 들었다.

다른 길은 두 가지 방법으로 찾기로 했다. 장기 목표는 진로를 바꾸는 것, 단기 목표는 물리적으로 정말 다른 길을 가보는 것.

후자는 대륙을 횡단할 수 있는 800cc급 모터사이클을 타고 노르웨이 국립 관광도로까지 달리는 걸로 구체화됐다. 두 바퀴로 이뤄진 이동 수단의 특성상 끊임없이 달리면서 균형을 잡아야 하는 모터사이클로 여행한다는 것은, 퇴사 여행 이상을 의미했다. 수행해야 할 미션, 가보지 않은 길에 대한 도전이었다. 서른 넘어서까지 단 한 번도 모터사이클을 타본 적이 없었지만, 가야 할 길이었다. 짧은 기간 동안 모터사이클로 국내 곳곳을 다니고 교관에게 별도로 훈련까지 받은 후, 여행을 떠났고 무사히 돌아왔다. 그 여행에서 매일 쓴 일기 덕분에 《모터사이클로 유라시아》라는 책도 냈다. 돌이켜보면 모터사이클 여행 도전이 아니라 글을 쓰려고 떠난 게 아니었나 싶을 정도로, 매일 썼다. 분명 글쓰기는 하고 싶은 일이었고, 하고 싶은 일을 오래 하기 위해선 잘하는 일로 만들어야 했다.

조금씩 그러나 분명한 성취

다시 돌아온 서울은 여전히 번잡했다. 살고 싶은 대로 살기에는 돈이 필요했고, 다시 일자리를 구하려면 대답해야 하는 질문이 많았다. 왜 회사를 떠났는지, 왜 모터사이클 여행을 했는지, 길에서 무엇을 느꼈는지 설명하고 증명해야 했다. 증명은 '어떤 명제에 대하여 그것이 진실인지 아닌지 증거를 들어서 밝히는 일'이다. 대부분의 회사가 제시한 명제는 '지원자가 본 업무를 잘할 수 있다'였고, 내가 밝힐 수 있는 것은 '나는 다른 길을 경험했다'가 참이라는 사실뿐이었다. 애초 서로의 명제가 달랐기에 증명은 성립할 수 없었고, 나는 거듭 실패했다. 처음 직장을 구할 때와 달리 두 번째는 호락호락하지 않았다.

일과 직함이 사라진 상태에서 내 포지션을 어떻게 정리할지 고민했다. 틈틈이 여행의 기록을 마무리 짓고 포지션을 기다리면서 2016년 상반기를 보냈다. 그해 5월쯤 프린스턴 대학교 요하네스 하우쇼퍼 교수의 '실패 이력서'에 관한 이야기를 접했다. 그는 자신의 웹페이지에 두 가지 이력서를 올렸는데, 그중 학자로서 실패한did not get 학위, 교수직, 장학금 등을 꼼꼼히 기록한 실패 이력서가 주목받았다. 유능한 석학조차 무수히 많은 거절과 실패를 겪었다.

나의 실패 이력서를 쓰기 시작했다. 외고 입시에 떨어졌던 중학생 시절을 시작으로 대학생, 대기업 사회초년생, 프리랜서, 여행자로서의 성공과 실패 경험을 나열했다. 당연하다고 생각한 지금의 모습 뒤에는 예상보다 많은 실패가 있었다. 성공이라고 여긴 첫 취업(엔지니어링)도 실은 몇 년 뒤 내 발목을 잡은 실패였다. 모터사이클 여행 중에도 실패는 존재했다. 초반에 휘발유 관리를 소홀히 해 바이크가 멈춰 서기도 했고, 오프로드에서 넘어진 적도 많았으니 말이다.

미국의 경영학자 피터 드러커는 《미래사회를 이끌어가는 기업가 정신》에서 이렇게 썼다.

성장을 위한 가장 효과적인 방법은 자신이 이룬 예상 밖의 성공을 발견해서 계속 그것을 추구하는 것이다. 그러나 대부분의 사람들은 문제에만 신경을 쓴 나머지 성공의 증거를 무시한다.

내 실패 이력서를 살펴보니 꾸준히 해온 행위가 하나 있었다. 바로 글쓰기였다. 2004년 네이버 블로그를 시작했고, 2012년 포트폴리오 성격의 독립 출판물을 발행한 것을 계기로 B의 객원 멤버로 합류했다. 와인 리뷰를 기고하기도 했고, 모터사이클 여행때 쓴 글로 첫 출간 계약도 맺었다. 여행기는 제2회 브런치북 출판 프로젝트에서 금상을 받았다. 한창 진행 중인 인생에서 성공과 실패를 섣불리 정의할 순 없겠지만, 적어도 나는 글쓰기를 통해 조금씩 성취 경험을 쌓고 있었다.

진로를 바꿔야겠다는 모호한 다짐을 '이야기를 전하는 에디터가 되자'로 구체화하자, 거의 일주일 만에 새로운 일자리를 찾을 수 있었다. 2016년 6월, 퍼블리의 초기 멤버로 합류해 본격적으로 에디터 커리어를 시작했다. 퍼블리에서 스타트업 문화를 경험하며 팀의 일원으로서 똘똘하게 일하는 법을 배웠다. 약 2년 4개월 뒤에는 B 편집부에 정식으로 합류했다. B 취재와 더불어 새로운 단행본 브랜드 '레퍼런스 바이 비'를 만드는 데 참여했고, 직업을 주제로 인터뷰하는 '잡스' 시리즈를 기획하고 제작했다. 그리고 2020년 10월, 전혀 다른 산업군으로 왔지만 여전히 이야기를 전하고 있다.

나는 처음부터 직업적으로 글을 쓰지 않았다. 다만 초등학생 때부터 늘 무언가 쓰고 있었다. 20여 년 동안 글을 써온 습관이 삶을 변화시켰다. 여행 때 짧은 일기를 쓰지 않았다면 책을 낼 수 없었을 것이다. 산업과 직무를 옮기는 것도 불가능했을 것이다. 이 모든 게 글쓰기를 통해 뒤엉킨 생각을 정돈하고 효과적으로 드러내는 훈련을 한 덕분이다. 뇌에 둥둥 떠다니는 생각을 바닷속 미역 줄기에 비유해보자. 바깥에서 보기에는 이게 물인지 미역인지 흐물흐물하고, 형체도 한 번에 파악하기 힘들다. 글로 정리한

글쓰기의 쓸모

다는 건 그 미역 줄기를 꺼내는 작업이다. 나중에 그걸 말려서 부각을 해 먹든, 다시 불려 국으로 끓이든 자유다. 그 관념을 꺼내는 작업이 중요하다. 자신이 원하는 일이 글쓰기이든 그 외의 것이든 '원하는 것'을 구체화하는 데는 글쓰기가 제격이다.

그동안 기록과 역사는 주로 권력을 가진 자, 승리한 자의 편이었다. 이런 기조는 오늘날 모바일 스크린이나 신문, TV, 라디오를 통해 접할 때도 마찬가지이지만 이제는 시대가 바뀌고 있다. 누구나 원한다면, 자신의 미디어를 만들어 글을 쓰고 개인의 미시사微視史를 충분히 알릴 수 있다. 모두가 살아온 과정은 고유의 궤적을 그린다. 그 궤적이 축적되면 한 사회의 소중한 사료가 될 수도 있다. 꾸준히 기록하는 사람은 그 스스로 역사가 되어 결국 자신의 삶에서 승리할 것이다. 나 또한 글쓰기를 통해 삶을 의미를 찾고, 삶을 더 소중히 여기게 됐다. 어쩌면 이게 글쓰기의 가장 큰 효용이 아닐까?

당신의 성공, 실패 연대기를 써보세요.

성공	연도	실패
•	•	•
•	•	•

성공이라고 생각했는데 결국 실패였던, 실패였는데 결국 성공이었던 이력은 무엇입니까?

_____

_____

_____

_____

_____

_____

스스로 이룬, 예상 밖의 성취는 무엇인가요?

_____

_____

_____

_____

_____

_____

'퍼스널 브랜딩'의 본질은 '퍼스널'이다

—

〈B:ALANCE〉의 두 번째 이슈에 최태혁 편집장은 이런 글을 썼다. '삶이란 따라잡을 수 없을 만큼 빠르게 변화하는 듯 보이지만, 또 한편으로는 돌고 돌아 다시 본질로 회귀하는 것'이며 '브랜드의 향방을 예측한다는 것은 결국 우리 삶을 진지하게 관찰하는 것과 별반 다르지 않을 것이라고 믿'는다고. 이 글에 동의한다.

자신의 본질을 파악할 수 있는 사람이라면 곧 퍼스널 브랜드의 본질도 어렵지 않게 알아차릴 것이다.

브랜딩은 거시기

에디터로서 여러 브랜드의 이야기를 듣고, 전해왔다. 브랜드를 만들고 키워가는 사람들의 이야기, 그들의 노력으로 촘촘히 짠 하나의 이미지이자 때론 사람 같기도 한 그 브랜드는 마치 손에 잡힐 듯 분명하다. 반면 '브랜드, 브랜딩이란 무엇인가요?'라는 질문에 답하려고 보니… 고백한다. 브랜딩이라는 말의 의미를 정확히 알지 못한다.

흔히 고객이나 소비자에게 가치 있는 브랜드를 구축하기 위한 활동을 '브랜딩'으로 정의하는데, 이 또한 주관적이고 모호할 수 있다. 브랜드의 의미도 변화 중이다. 어릴 적에는 베네통, 소니, 도미노피자 같은 기업명이나 상표명을 브랜드로 알고 있었는데, 지금은 그 쓰임이 훨씬 넓어진 느낌이다.

브랜드와 비슷한 단어를 찾자면 '거시기' 아닐까. 브랜드와 거시기, 둘 다 표준국어대사전에 등록돼 있다. 국어사전에서는 거시기를 '이름이 얼른 생각나지 않거나 바로 말하기가 곤란할 때 쓰는 말'이라고 풀이한다. 학자들은 이 말에 대해 '확실한 뜻을 갖지 못하면서, 서로의 뜻을 가장 정확히 주고받을 수 있는 말'이라고 평가한다. 즉, 너와 내가 알고 있는 '그것'인데 아무도 정확한

뜻을 모르는 상황이다.

나를 신경 쓰는 사람은 나뿐

브랜드가 언제부터 이렇게 거시기해졌을까? 2021년 5월 기준으로 브랜드를 구글에서 검색하면 약 77억 개의 결과가 나온다. 검색 빈도도 높다. 구글 트렌드의 데이터에 따르면, 2004년부터 현재까지 전 세계에서 브랜드를 주제로 검색한 숫자는 꾸준히 상승 중이다.

대부분의 지구인이 최소 한 번쯤 브랜드를 검색하게 된 배경에는 모바일 인터넷이 있다. 모바일 인터넷이 보편화되면서 소셜 미디어가 급성장했고, 언제 어디서나 소셜 미디어에 연결된 뒤로 나를 남과 달리 인식할 수 있는 활동이 중요해졌기 때문이다. 그걸 사람들은 '셀프 브랜딩' 또는 '퍼스널 브랜딩'이라고 부른다*. (이하 퍼스널 브랜딩으로 통일)

셀프 브랜딩과 퍼스널 브랜딩의 다른 점은 무엇일까? 기업과 개인의 브랜딩 워크숍 '브랜딩와이'를 운영하는 데릭 킴 대표에게 짧게 물었다.

특정 단어는 사람들의 사용 빈도에 의해 바뀌거나 힘이 커져요. 영어권에서 쓰이는 셀프 브랜딩과 퍼스널 브랜딩의 의미는 거의 비슷합니다. 이 단어를 사용하는 주체에 따라 쓰임이 진화한 걸로 보이는데요. 실제로 12년 전, 제가 코넬 대학교에서 브랜딩 수업을 들을 때만 해도, '셀프 브랜딩'이라는 단어를 더 많이 썼어요. 그때는 소셜 미디어, 콘텐츠 제공자, 멀티채널 네트워크 등의 개념도 잡히지 않았고, 개인의 브랜드 활동을 가능케 하는 다양한 툴이 상용화되기 전 또는 서서히 자리를 잡아가는 상태였거든요. 개인을 하나의 브랜드로 인식하는 시대, 인플루언서의 시대 전에는 단순히 나를 알리는, '스스로' 브랜딩을 해야 하는 개념으로서 '셀프 브랜딩'이라는 단어를 사용한 걸로 보여요. (예시: 셀프 PR) 그러다가 개인의 브랜딩을 돕는 도구들이 개발되고, 다양한 채널을 활용할 수 있게 되면서 혼자만의self 활동에서 보다 개인적인personal 부분에 조점이 바뀌었다고 보면 될 것 같습니다. 이런 현상은 사회 주류가 자기다움을 중시하는 밀레니얼 세대로 교체된 배경과도 맞물려 있겠죠.

퍼스널 브랜딩을 가장 손쉽게 엿볼 수 있는 곳은 소셜 미디어의 프로필 페이지다. 가령 인스타그램 프로필 페이지는 개인 정보를 제외하고, '사용자 이름(아이디)' '웹사이트' '소개' 항목으로 구성되어 있다. 이중 소개 항목이 흥미로운데, 영어로는 'bio'라고 한다. 한 개인의 일생을 기록한 글, 전기傳記를 뜻하는 'biography'의 약어다. 문제는 이걸 쉽게 적기 어렵다는 점이다. 진행 중인 인생을 두세 줄로 잘 적을 수 있는 사람이 몇이나 될까? 대부분은 이곳에 현재 직업이나 취미 혹은 알리고자 하는 프로젝트 등을 적는다.

처음에는 재미로 시작한 인스타그램을 퍼스널 브랜딩 페이지로 쓰려니 때론 스트레스가 이만저만이 아니다. '그러면 부계정을 만들고, 여기는 이런 글만 올리고…' 나름의 해결책을 찾아보지만 가끔씩 찾아오는 막막함, '진짜 이렇게까지 해야 되나?' 싶을 수 있다. 사는 것도 쉽지 않은데 자신의 브랜드까지 만들어야 하다니. 이에 매우 동의하는 한편 각자의 브랜드가 필요한 나름의 이유도 이해한다. 생뚱맞지만 2012년, 스위스 동부에 있는 작은 도시 장크트갈렌을 여행할 때 그 이유를 발견했다.

장크트갈렌은 취리히에서 기차로 약 1시간 거리에 있다. 그곳은 유네스코 세계문화유산으로 등록된 수도원 부속 도서관으로 유명한데, 약 2000점의 필사본이 소장돼 있다. 필사본 중 하나라도 기억이 나면 좋으련만, 기억에 남는 건 여행 때 동행한 선배와

먹은 점심 메뉴와 그때 나눈 대화다.

수도원을 본격적으로 둘러보기 전, 나는 장크트갈렌식 소시지와 감자튀김을 곁들인 요리를, 선배는 새우와 버섯 요리를 시켰다. 생맥주도 한 잔씩 주문했다. 점심과 함께 곁들인 맥주에 얼굴이 금세 빨개졌다. "대낮부터 얼굴이 빨개져서 돌아다니기 민망하네요." 선배가 정곡을 찔렀다. "현, 근데 말이지… 이 세상에 너를 신경 쓰는 사람은 오직 너밖에 없어. 굳이 추가하자면 네 어머니 정도?"

'가장 보통의 존재'로서 스스로를 각성하게 된 찰나로 기억한다. 얼굴빛이 빨개지든 말든, 눈이 부어 있든 말든 어차피 신경 쓰는 사람은 나뿐이었달까? 기분 나쁘지 않으면서 묘하게 통쾌했다. 덕분에 그 후로는 마음 편히 여행에 임했다.

달라이 라마도 늘 말하지 않나. "행복을 갈망하고 고통을 피하기 원한다는 점에서 우리 모두는 같은 인간 존재"라고. 나를 신경 쓰는 사람은 오직 나뿐이라는 점에서도 우리 모두는 같다. 그렇기 때문에 우리에게는 브랜드가 필요하다. 브랜드가 있어야 내 콘텐츠가, 내가 가진 경쟁력이 조금이나마 더 오래갈 수 있다. 나다움을 탐색하는 과정에서 스스로에게 진실할 것. 나답게 글 쓰는 일은 자기 깜냥을 아는 데서 시작한다.

내 퍼스널 브랜드가 경쟁력을 갖추려면

나라는 브랜드가 경쟁력 있는지, 얼마나 팔릴지 검증하는 가장 빠른 방법은 시장에 내 콘텐츠를 팔아보는 거다. 독립 출판물을 만들어 직접 팔 수도 있고, 출판사에 투고하거나 유료 콘텐츠 플랫폼의 저자로 지원하는 방법도 있다. 어느 경로로 접근하든 저자 소개, 기획 의도, 목차 그리고 샘플 원고는 기본이다. 물론 플랫폼마다 지향하는 콘텐츠의 방향이나 결이 다르고, 비슷한 시기에 동일한 주제로 다른 저자가 이미 집필 중일 수도 있으니 투고했는데 소식이 없거나, 저자 지원에 탈락해도 너무 상심할 필요는 없다. 이와 관련해 2020년 봄에 A와 주고받은 메일의 사례를 공개한다. 개인의 민감한 정보는 빼고 대체로 그대로 싣는다.

안녕하세요. 회신이 많이 늦었습니다. 제가 퍼블리를 떠난 지 2년 가까이 되어 요즘 내부 사정은 잘 모릅니다만, 출판 시장의 독자 또는 콘텐츠 업계의 기획자 관점에서 몇 가지를 첨언할 수 있을 것 같아요.

1. 글의 주제와 저자의 프로필이 일치할수록 콘텐츠의 신뢰도는 높아집니다

요즘 흥하는 책이나 디지털 콘텐츠를 보면, 저자 고유의 경험을 구체적으로 서술하는 경우가 많습니다. 일반론적인 이야기는 그만큼 식상하다는 말이겠죠. 저자가 직접 겪은, 저자만이 들려줄 수 있는 이야기에는 디테일이 살아 있고 거기서 얻는 교훈도 그만큼 공감하기 쉬우니까요. 이건 다른 플랫폼에도 마찬가지로 적용될 것입니다.

A가 홈페이지에 쓴 글을 일부 읽어봤는데요. 30대가 쓴 글이라기에는, 너무 독자를 포괄적으로 잡은 듯한 느낌을 받았습니다. 마치 70대 구루가 다보스 포럼의 기조연설에서 할 법한 거시적인 이야기라고나 할까요? (비유가 적절하지 않을 수도 있습니다. 미리 양해 부탁드립니다.)

출판 시장에서 비교적 반응이 좋았던 책 중 《그로잉 업》과 《마케터의 일》을 예시로 들어볼게요. 《그로잉 업》은 LG생활건강 차석용 부회장의 이야기를 경영, 마케팅 쪽으로 활발히 활동 중인 홍성태 교수가 정리한 책입니다. 《마케터의 일》은 배달의민족 CBO인 장인성 상무가 '선배 마케터가 후배 마케터들에게 전하는 이야기' 컨셉으로 썼다고 합니다. 예시로 든 책의 저자 모두 기본적으로 업력이 길고, 업계에서 인정받은 분들입니다. 이걸 단순히 저자가 '저명하니까'라고 압축하기는 어렵다고 생각해요.

만약 이분들이 뜬금없이 과학이나 정치, 경제 서적을 낸다면 이야기가 달라지겠죠. (간혹 그렇게 다작하는 분들도 있습니다.) 무엇보다 본인의 업과 관련된 이야기를 풀어놓았기 때문에 그 글이 힘을 가진다고 생각해요. 쉽게 풀어쓰기도 했고요.

그런 관점에서, A의 경험을 좀 더 구체적으로 글로 풀면 어떨까요? 글 중에 방황했던 과거를 언급한 부분이 있죠. 제가 독자라면, 당신이 왜 방황했는지, 어디에 도전했고 무얼 이뤘거나 잃었는지, 그 속에서 배운 건 무엇인지 등 그 안에 숨어 있는 다양한 이야기가 훨씬 궁금합니다. 그 이야기는 다른 누구도 대신 쓸 수 없거든요. 개인 고유의 경험을 공유하지 않고, 당연한 이야기를 당연하게 쓴다면, '그래서 이 사람이 뭘 했다는 거지?'라는 의문만 남을 겁니다.

2. 결국 팔려야 합니다

유료 콘텐츠 비즈니스도 결국 '비즈니스'입니다. 폴인, 퍼블리, 북저널리즘 등은 모두 수익 모델을 찾고 있는 스타트업이고요. 플랫폼 사업자 관점에서는 당연히 잘 팔릴 만한 콘텐츠를 기획하려 합니다. 그래야 투입(콘텐츠 기획에서부터 편집, 디자인, 마케팅, 홍보 등) 대비 매출이 발생하고 수익을 지속적으로 얻겠죠. 그리고 플랫폼 주요 고객의 니즈도 이해하면 유리합니다. 주로 지갑을 여는 고객층은 20대 초반부터 40대 초반까지 취업 준비생, 직장 초년생, 이직을 준비하는 중간 관리자 정도로 다시 세분화할 수 있을 거예요. 그들에게 요즘 어떤 콘텐츠가 인기이고, 누구의 글이 좋은 반응을 얻는지 시장 조사를 해보길 권합니다.

개인 차원에서는 객관화할 만한 세일즈 포인트를 찾는 것도 중요합니다. 개인 홈페이지는 브랜딩 측면에서 좋다고 생각해요. 다만, 초반에는 인지도를 높이는 게 어려울 수도 있으니 네이버 블로그든 브런치든 본인에게 편한 채널로 홈페이지 글의 링크를 두루 유통하면서 감을 잡는 걸 추천드려요. 글을 다양한 채널에 공유해보고, 어디서 더 많은 반응(공유/좋아요)을 얻는지 등 독자 데이터를 수집할 수도 있겠죠. 그러면 나중에 유료 콘텐츠 플랫폼의 기획자나 프로젝트 매니저에게 숫자를 통해 '내 글이 얼마만큼 팔릴 수 있다'라고 설득하기도 쉽습니다.

손현 드림

현재 당신이 갖고 있는 SNS 채널에 하나의 콘텐츠를 올리고, 좋아요, 공유 수, 댓글 수나 반응을 적어보세요.

자료 수집 기간

_____

_____

콘텐츠 제목

_____

_____

내용

_____

_____

예상 독자

_____

_____

당신이라는 퍼스널 브랜드가 가진 세일즈 포인트는 무엇인가요?

_____

_____

_____

_____

_____

_____

_____

_____

_____

_____

_____

_____

_____

_____

나답기 위해
나를 쓴다

—

그동안 막연하게 생각했던 '무엇이든 할 수 있다' 주의를 다시 생각한다. 이는 자칫 '어느 무엇 하나 잘할 수 있는 것이 없다'를 의미할 수도 있기 때문이다. 즉, 무엇이든 '할 수 있다'는 태도에 초점을 두기보다는 '무엇'을 할 수 있고, 할 수 없는지 그 차이를 아는 것이 중요하다고 생각한다.

내가 가진 모든 것이 나, RBV 모델

'퍼스널 브랜딩의 기술을 몰라도 상관없다'고 생각한다. 에디터로서 여러 브랜드를 가까이, 주의 깊게 살펴보면 볼수록 브랜딩이란 참, 거시기했다. 색깔이 뚜렷한 브랜드 뒤에는 결국 철학과 고집이 확고한 창립자가 있었기 때문이다. 결국 퍼스널 브랜딩을 위해선 '나'라는 사람이 누군지 스스로 알아야 한다. 브랜딩은 외부 전문가가 어느 정도 도움을 줄 수 있지만, 나를 파악하는 작업은 다른 이가 대신해주기 어렵다. 이걸 해결해야 나다움을 글쓰기와 접목할 수 있다. 즉, 나답게 쓸 수 있다.

사실 브랜딩이라는 말만큼이나 나다움이라는 것도 거시기하다. 나는 뭘까, 누굴까, 나답다는 건 뭘까, 뭘 좋아하고, 싫어하지, 앞으로는 어떻게 될까 등 나에 관한 질문을 하지만 그 대답은 질문만큼이나 불명확하다. 우선 지금 내가 갖고 있는 것을 모으고, 객관적으로 분류하고, 시각화해서 나다움을 찾기로 하자. 이를 위해 1990년대 기업의 전략 수립에 자주 사용되던 접근법 중 하나인 RBV 모델을 가져왔다. 건조하고 딱딱해 보이지만 자아도취되거나 자기연민 없이, 있는 그대로의 나를 찾기에 제격이다. 덧붙여 나에 관한 질문과 답을 최대한 구체적이고 객관적으로 제시할 수 있는 포트폴리오 만드는 법도 소개한다.

　RBV 모델은 자원 기반 관점resource-based view을 뜻한다. 기업
은 자원 집합체이며, 동적인 경쟁 환경에서 성과를 내려면 기업
의 내부 자원과 능력이 중요하다는 이론이다. 이 이론을 제시한
오하이오 주립대학교 피셔 경영대학원의 제이 바니 교수는 지속
가능한 경쟁 우위의 원천으로서, 잠재력을 갖기 위한 자원은 가
치 있어야 하고valuable, 희귀해야 하고rare, 모방할 수 없어야 하며
inimitable, 대체할 수 없어야 한다고non-substitutable 주장했다.

　RBV 모델을 나에게 적용해보자. 유무형 자원을 모두 나열한
뒤, 나의 브랜드에 도움이 될 만한 것들로 다시 솎아내는 작업이
다. 이를 통해 당연하다고 여기고 놓치기 쉬운 자원을 다시 발견
할 수도 있다. 대표적인 예가 스마트폰이다. RBV 측면에서 스마
트폰은 매우 중요한 유형의 자원이자 무형의 자원을 생산하는
도구다. 스마트폰으로 사진을 찍거나 글을 쓰고, 소셜 미디어에
공유하는 등 할 수 있는 작업이 무궁무진하니까. 너무 당연해서
자원처럼 느껴지지 않을 수 있지만 한국만큼 스마트폰 보급률이
높은 나라도 없다. 퓨리서치센터의 2019년 연구 결과에 따르면,
한국 성인 중 스마트폰을 가지고 있는 사람의 비율은 95%로 전
세계 1위, 미국은 81%, 가장 낮은 비율을 기록한 인도는 24%다.

스마트폰을 포함해 이름, 별명, SNS 계정, 해시태그, 홈페이지 URL, 재미난 프로젝트를 같이 해볼 법한 지인, 유가증권, 자동차 면허, 현금, 통장 등 포스트잇에 자원을 나열해보자. 명사형으로 적어야 정리하기 편하다. 참고로 2019년 1~2월, 데릭 킴 대표의 퍼스널 브랜딩 워크숍에 참여해 정리한 나의 RBV 일부를 옮겨 본다. (실은 RBV라는 어려운 단어도 그때 배웠다.)

손현(외우기 쉬운 이름), 뜨스구스(별명이자 아이디 @thsgus), 글 쓰기, 가족, 운동 습관, 근지구력, 학습력, 커뮤니케이션, 평판, 건축, 디자인, 콘텐츠 관련 지인 네트워크, 역세권 전셋집, 빈티 지 오디오, CD, 웃는 얼굴, 편집 기술, 출간 작가, 신혼 분위기, #hyonniewalker, #hyonnieomelette, 추진력, 매거진 〈손현〉, 경험(문화예술), 네이버 블로그, 카카오 브런치, 인스타그램, 트위터, 페이스북 계정, 현금, 디지털카메라, 중형 자동차, 운전면허(1종, 2종), 기타 소득(외고), 청약통장, 저작권(《모터사이클로 유라시아》), $GOOGL, $SBUX, $TSLA

이렇게 적은 걸 토대로 앞서 말한 네 가지 기준에 맞는지 판단 해보면 된다. 이 기준을 모두 충족한다면 그게 나의 핵심역량이다. 물론 가치 있으면서도 희소성이 있고 따라 하기 쉽지 않으며 대체 불가능한 무언가를 찾는다는 게 쉽진 않다. 나 역시 워크숍 때 '대체 나의 핵심역량이라는 게 있긴 한가' 싶은 마음이었다. 이와 반대로 비어 있는 영역을 발견한다면, 그걸 계발하는 길로 들어설 수 있다.

내 콘텐츠의 바닥, 나다움 포트폴리오

RBV가 나를 정량적으로 파악하는 방법이라면, 정성적으로 파악하는 방법도 있다. 참고로 건축이나 디자인을 전공한 사람이라면 대부분 졸업 학기 즈음 포트폴리오를 만들 기회가 있다. 건축 설계사무소나 디자인 스튜디오에 지원하려면 포트폴리오 심사를 통과해야 하기 때문이다.

스물아홉 살이 되던 2012년, 나는 매거진 〈B〉로 이직하고자 매거진 〈손현〉을 만들면서 내면을 정성적으로 파악하는 시간을 가졌다. 대략 3개월 동안 주말마다 이 작업에 집중했는데, 그때 시도한 방법은 다섯 가지다.

첫째, 그간 해왔던 작업 중 나를 잘 드러내는 작업을 정리했다.

건축학부 때 프로젝트 하나, 걷는 사람과 자전거를 주제로 찍은 사진들, 사진과 연계한 전시 기록, 나를 잘 드러낸다고 생각한 에세이 다섯 편을 모았다.

둘째, 셀프 인터뷰를 했다. B에는 대개 오피니언 인터뷰가 세 편 실린다. 이때는 자의식이 넘치던 때라 '셀프 브랜딩'을 컨셉으로 잡지를 기획했지만, 자문자답을 세 번씩이나 할 순 없었다. 그렇게 쓸 내용도 없었다. 결국 이직을 희망하는 엔지니어 자아와 블로그를 운영하는 자아로 나누어 셀프 인터뷰를 두 번 진행했다. 셀프 인터뷰도 쉬운 게 아니란 사실을 이때 처음 알았다.

세 번째 방법은 두 번째 방법의 한계를 깨기 위해 만든 것으로, 타인이 나를 인터뷰하는 방식이다. 내가 요청한 인터뷰임에도 불구하고 친구에게 기획 방향도 안내하지 못했다. 인터뷰를 한 적도, 당한 적도 없던 때였다. 어쨌든 친구가 진행한 인터뷰를 통해 스스로 예상치 못한 면을 발견했다. 처음에는 당혹스럽기도 했는데, 돌이켜보면 값진 내용이다. 우리에게는 남에게 보여주려는 부분, 별것 아니라고 생각하는 부분, 거꾸로 감추려는 부분이 있는데, 타인이 나를 인터뷰하는 경험을 통해 '남이 바라보는 나'를 엿볼 수 있다.

넷째, 나에 대한 피드백을 수집했다. 피드백이라고 해서 거창한 게 아니라 SNS를 통해 알게 된 지인이나 오랜 친구들에게 나에 대해 어떤 이미지가 떠오르는지 두세 개의 키워드로 알려달라고 부탁했다. 대학 동기는 '북파공작원'이라고 적기도 했다. 타인과의 인터뷰가 속 깊은 이야기를 나누는 일이라면, 피드백 수집은 아마존이나 네이버의 상품평을 엿보는 느낌이다. 그 시절 내 모습이나 누구와 어울리냐에 따라 피드백이 제각각일 수 있지만, 이 역시 자기 객관화에 필요한 작업이다. 낯부끄러울 수 있지만 나에 대한 코멘트를 요청해보는 것도 도움이 된다.

마지막으로, 살아온 과정을 특정 주제에 맞춰 시간 순으로 정리했다. 단순히 이력서에 학력과 경력 위주로 서술하는 것과는 달리, 좀 더 주체적으로 자신의 인생 전반부를 재구성해볼 수 있다. B 컨셉에 맞춰, 영향받은 사회적, 문화적, 개인적 사건과 주요 역사를 연대별로 정리하고, 그 시기와 연관된 브랜드를 나열했다.

'이렇게까지 꼭 해야 되나?' 싶을 수 있다. 하지만 자신의 브랜드를 탄탄히 다지고자 하는 사람이라면 간단한 포트폴리오를 한 번쯤 만들어보기를 권한다. 스스로의 가능성과 한계, 현 상태를 엿볼 수 있다는 점에서 큰 도움이 된다.

개인적으로는 매거진 〈손현〉을 만들면서, 내 콘텐츠의 바닥을 봤다. 비대했던 자아를 포트폴리오에 담아 포장해보려고 했는데,

글쓰기의 쓸모

생각보다 알맹이가 별로 없다는 깨달음을 얻었다. 그 깨달음은 새로운 걸 다시 학습하고 채워야겠다는 좋은 동기부여가 됐다. 더불어 나만의 이야기에 갇히지 않고, 타인의 이야기에 관심 갖고 경청하게 되는 효용도 있다.

RBV 모델에 기반해 당신의 유무형 자원을 왼쪽 칸에 모두 적어보세요. 모든 자원을 오른쪽 네 가지 기준에 따라 분류해보세요.

유무형 자원	가치 있는 자원
	희귀한 자원
	남들이 모방할 수 없는 자원
	남들이 대체할 수 없는 자원

당신을 하나의 브랜드라고 가정했을 때, 떠오르는 이미지 세 개를 적어보세요. SNS를 통해 주변 사람들에게도 물어보세요.

세상과의 균형을 위해
읽고 쓴다

—

"나도 수영할 때 왼팔 오른팔을 젓는 동작에 집중하게 돼. 이게 힘으로 하는 것이 아니라 균형이 중요하거든. 그리고 수영하면서 의외로 글 쓰는 영감도 많이 얻는 편이야."
"글쓰기와 균형이 어떤 관계가 있을까?"
"내 몸에 힘을 빼야 수영을 오래할 수 있거든. 글쓰기도 마찬가지야."
_ "interview 3. 김기태가 손현을 인터뷰하다", 매거진 〈손현〉

온라인에 발행하는 순간 내 글은 공공재다

나를 제대로 알기란 어렵다. 나를 파악하는 과정은 발이 바닥에 닿지 않을 정도로 깊은 수영장의 50미터 레인을 자유형으로 통과하는 것과 같다. 적당한 호흡을 유지하며 수면 위에 있어야 '나다움'이라는 목적지까지 도착할 수 있다. 자칫 잘못하면 '나'라고 생각하는 허상에게 빠지기 쉽다. 그 허상은 물속 풍경처럼 본질을 왜곡할 수 있다. 또한 수면에서 양팔을 고루 젓듯이 자기 객관화와 자가 점검이 중요하다. 글이란 발행하는 순간 공공성이 생기기 때문이다.

타인이 전혀 공감할 수 없는, 나만의 생각에 갇힌 글은 생명이 짧다. 완독에 실패할 확률도 높다. 지나친 자기 검열은 글 쓰는 행위 자체를 주저하게 할 수도 있지만, 최소한의 자가 점검은 필요하다. '혹시 내 생각이 틀린 건 아닐까?' '내가 뭔가 놓치고 있는 건 아닐까?'

나다움을 찾느라 나에게 집중하다가도 가끔은 고개를 들어야 한다. "나무를 열심히 베고 있는 사람은 숲을 볼 여력이 없다. 어디서 산불이 나더라도 알 길이 없다." 각자의 자리에서 열심히 나무를 패더라도, 숲을 봐야 한다는 말이다. 내가 숲의 어디쯤에 있는지 알면 자연스레 자기 객관화가 되고, 내가 가야 할 길, 때론 내 글이 가야 할 방향이 보인다. 숲을 보는 방법은 역시, 글이다. 타인의 글.

각자 나무를 패다가도 숲을 봐야 한다

2018년 퍼블리는 〈파이낸셜타임스〉 큐레이션을 선보였다. 첫 번째 주제는 '밀레니얼 모먼트'였다. 1984년에 태어나 도시에 살고, 고용안정성을 중시하며, 부모 세대보다 결혼과 육아에 상대적으로 관심이 적은 밀레니얼 중 하나로서, 이 리포트를 흥미롭게 읽었다. 이 큐레이션의 감수를 맡은 제현주 옐로우독 대표에 따르면, 밀레니얼 모먼트는 '밀레니얼 세대가 주도권을 넘겨받기 시작한 현재 분위기를 긴장감 있게 포착한 단어'이다.

　내용의 초반부는 몇몇 거시 지표를 통해 '밀레니얼 세대의 전 세계 구매력은 곧 이전 어떤 세대보다 높아질 것'이라고 진단한다. 그리고 콜로라도주 덴버로 모이는 미국의 밀레니얼, 중국의 모바일 결제 혁명, 인스타그램을 통해 바라본 일본의 체험 경제 등 3국 밀레니얼의 스냅샷을 담았다. 한국의 밀레니얼 양상은 또 다르겠지만 비슷한 부분이나 참고할 만한 점이 많았다. 자연히 내 주변의 많은 동료들이 읽으면 좋겠다는 생각을 했는데, 그 이유는 앞서 말한 맥락과 같다. 각자의 자리에서 열심히 나무를 패더라도, 숲을 봐야 하기 때문이다.

리포트를 맺는 제현주 대표의 글도 (글로벌 시대에 점점 고립되고 있는) 한국 사회를 살고 있는 우리에게 중요한 질문을 던졌다. 일부를 옮겨 놓았다.

우리나라는 참 늙은 사회다. 내가 일하고 있는 스타트업 씬이나 성수동의 생태계는 대한민국 평균에 비해 훨씬 젊기 때문에 일상적으로 많이 느끼지는 못하지만, 가끔 TV 화면 속 등장하는 '주요 인사'들의 면면을 보면 참으로 생경하다. 가끔 정부의 자문회나 위원회 자리에 가게 될 때도 비슷한 기분이 든다. 여전히 한국 사회를 움직이는, 각종 분야의 의사결정자 대부분이 50대, 60대, 심지어는 70대 남성이다.

이제 노동 인구 중 가장 많은 머릿수를 차지한다는 밀레니얼 세대는, 여전히 시혜를 받아야 할 '청년' 혹은 소확행과 극단적 가성비를 추구하는 소비자 집단으로 조명된다. 이들이 일시적인 정치적 효능감을 뛰어넘어, 진짜 의사결정자로서 지속하는 변화를 일으키는 근원적 효능감을 누리는 시점은 언제일까? 5년 후, 10년 후? 효능감을 충분히 쌓으며 나이 들지 못한 세대가 뒤늦게 리더십의 자리에 오른다면, 또 한국 사회는 어떤 모습일까?

5년 또는 10년 뒤의 한국 사회의 모습을 섣불리 예측하기는 쉽지 않지만, 우선 내가 지금 살고 있는 세상을 제대로 알고 있는지 스스로에게 물어본다. 가끔은 멈춰 서서 세상이 어떻게 흐르는지 찬찬히 바라보면 좋겠다. (물론 '밀레니얼 모먼트'라고 호기롭게 부를 수 있는 때도 얼마 남지 않았다. 이미 포스트 밀레니얼이 자라나고 있으므로.)

도시 지형을 바꾸고, 소비재 산업을 탈바꿈시키고, 금융을 움직이는 세대. 1981년부터 1996년까지 태어난 밀레니얼 세대를 부르는 말입니다. 밀레니얼에 대한 이해는 이제 '그들은 누구인가?'에 대한 호기심의 문제가 아니라, 거의 모든 중요한 의사결정의 필수 전제입니다._제현주 감수, "밀레니얼 모먼트", 퍼블리

글쓰기의 쓸모

피드백을 경청할 필요는 있다

자신에게 질문하거나 자신의 위치를 파악할 깜냥이 안 된다면, 다른 방법도 있다. 주변 사람에게 의지할 것. 가까운 타인에게, 신뢰할 만한 사람에게 내 글의 초고를 읽어달라고 부탁하는 방법이다. 모든 피드백을 수용할 필요는 없지만 경청할 필요는 있다. 나의 경우, 아내와의 대화가 일종의 자기 객관화, 자기 점검 장치다. 내가 나에게 푹 빠져 글에 깊이 몰입하는 동안 길을 잃거나, 옆길로 새거나, 특정 생각에 빠지는 경우에는 타인의 도움이 절실히 필요하다.

주변에 있는 동료나 가까운 친구, 가족에게 적극적으로 물어보자. 내 글이 불필요하게 어렵지는 않은지, 말하려는 바가 명확한지. 이는 독자의 눈으로 더 정확하게 발견할 수 있다.

자기 객관화, 자기 점검하는 데 적합한 체크리스트를 만들어보세요.

- [ ] 이 글은 내가 온전히 쓴 글이 맞는가, 누군가의 생각이나 글을 인용했다면 출처를 명확히 밝혔는가 (표절)

- [ ] 사실에 기반하여 쓴 글이 맞는가, 구체적인 근거를 제시했는가 (팩트 체크)

- [ ] 내가 쓴 글을 소리 내어 읽어봤을 때, 어색한 부분은 없는가 (퇴고, 윤문)

- [ ] 내가 이 글을 씀으로 인해, 누군가 불편해하거나 상처받지는 않을까? 그 부분에 대해 고민하거나 주변 동료에게 의견을 구했나? (자기 검열)

- [ ] 내가 (온라인 공간에) 꼭 써야 하는 글인가?

- [ ] _____

- [ ] _____

- [ ] _____

- [ ] _____

- [ ] _____

- [ ] _____

- [ ] _____

- [ ] _____

글쓰기를
처음 시작하는
이에게

—

고수리_보통의 삶에 고유한 서사를 부여하는 작가. 광고 기획 피디를 거쳐 KBS 〈인간극장〉에서 방송작가로 일했다. 보통 사람들의 이야기를 방송으로 만들면서 특별할 것 없는 우리 삶에도 드라마가 있다는 걸 배웠다. 브런치에 에세이를 연재하고 있으며 제1회 브런치북 프로젝트에서 금상을 수상했다. 2021년 1월까지 《우리는 달빛에도 걸을 수 있다》《우리는 이렇게 사랑하고야 만다》《고등어 : 엄마를 생각하면 마음이 바다처럼 짰다》 등을 썼으며, 지금은 프리랜스 작가, 글쓰기 안내자로 활동하고 있다.

"여기, 젊은 애들만 오는 데 아냐?"

"에이, 나도 왔잖아. 그런 데 아니야."

2020년 1월의 마지막 밤, 29CM 스토어로 엄마를 불렀다. 근사하고 잘 꾸며 놓은 곳에 오면 엄마에게서 자주 저 말이 나온다.

할아버지가 돌아가신 직후 엄마가 불면증에 시달리던 때가 있었다. 마침 나는 여행 중이었고, 귀국할 즈음 엄마는 그새 응급실을 세 번이나 다녀왔다고 했다. 병원에 몇 차례 함께 다녀왔고, 여러 검사 끝에 뇌와 신경 등 신체에는 이상이 없다는 결과가 나왔다. 다행이었다. 다시 석 달이 흘렀다. 나는 밥벌이를 하느라 정신이 없었고, 엄마는 언제 그랬냐는 듯 건강을 회복했다. 이제는 멜라토닌을 먹지 않아도 곧잘 잠에 드신단다.

엄마는 왜 깊이 잠들지 못했을까. 짐작하건대, 마음속 깊은 이야기를 누구에게도 제대로 털지 못한 채 속앓이를 하셨을 것이다. 그리고 당신의 건강 걱정 외에도 부쩍 외로움이 커졌을 것이다. 자식 둘 다 결혼해 분가한 시기이기도 했으니까. "이참에 글을 한번 써보세요." 아들로서 할 수 있는 말은 그뿐이었다. 잘 쓸 필요도 없으니 뭐든 해소하면 좋겠다는 마음에서였다.

아무리 가족 사이라도 서로 건드리면 안 되는 영역이 있다. 이를테면 도로 연수나 심리 상담, 투자 조언이라든지… 내밀한 글쓰

글쓰기의 쓸모

기를 권하는 일도 그중 하나였다. 한 사람이 떠올랐다. 한 번도 만난 적은 없지만, 이분이라면 응어리진 마음을 글로 풀어내는 데 도움을 줄 거란 느낌이 들었다. 마침 고수리 작가의 글쓰기 강연 소식을 접했다. 내가 떠올렸던 그분이다. 강연 제목은 '나를 만나는 고유한 글쓰기'였다. 바로 티켓 두 장을 예매했다. 인터뷰는 강연 후 고수리 작가에게 따로 요청해, 2020년 10월 6일 오후 2시 합정동에서 진행했다.

"영상을 만들듯 글을 써보세요"

손현(이하 생략) _ 수리님 글을 읽으면 늘 따뜻하다는 느낌을 받아요.
고수리(이하 생략): 제 글은 너무 따뜻하죠. (웃음) 가끔은 따뜻함을 벗어나고 싶기도 해요.

서늘한 글을 쓰고 싶나요?
그건 아니고요. 뭐랄까, 그 '따뜻함'이라는 게 감정과잉이나 맥락 없는 긍정으로 비치지 않도록, 너무 따뜻하지만 않도록 고민하면서 글을 써요. 그래서 제 글이 따뜻하다는 말을 들으면 좋으면서

염려도 되고 고민돼요.

　제 글의 분위기가 많이 바뀌었어요. 20대에 쓴 글은 자조적이고 회의적이었거든요. 서른을 앞두고 그때 쓴 초고를 다시 다듬어 만든 책이 《우리는 달빛에도 걸을 수 있다》예요. 책을 만들면서 놀랐던 게, 독자를 염두하고 글을 다듬다 보니 슬프거나 서늘한 글에도 따뜻함이 배어 있더라고요. '나는 내 글로 차가움이 아니라 따뜻함을 전해주고 싶은 거구나.' 그때 깨달았어요.

글의 분위기가 바뀐 이유가 있나요?

〈인간극장〉의 방송작가로 일했던 영향이 커요. 그때 일하면서 보는 시선과 쓰는 글이 완전히 바뀌었거든요. 제게 골몰했던 시야가 밖으로 향하게 됐어요. 희로애락이 뒤섞인 삶에서 온기를 발견하도록이요.

일하면서 글의 분위기가 바뀌기도 하는군요.

제 글쓰기의 선명한 전환점이에요. 글쓰기의 기본, 일하는 태도의 기본 등을 〈인간극장〉에서 다 배웠거든요.

비슷한 경험을 한 적이 있어요. 매거진 〈B〉에서 객원 에디터로 일할 때

처음 맡은 기사가 어느 필기구 브랜드의 기업 인수합병 이야기였거든요. 당시 가이드가 '주관적 판단을 배제하고 팩트 위주로 정리해달라'였어요. 그 후 주로 팩트와 수치로만 이뤄진 원고를 맡으면서 제 글도 팩트 기반으로, 건조한 느낌으로 쓰게 됐어요.

직업으로서의 글쓰기는 어디서 어떻게 훈련받는지가 정말 중요합니다. 단단한 글쓰기를 배우고 싶다면, 기본에 충실하고 신뢰할 수 있는 누군가에게 배워야 한다는 걸 몸소 경험했어요. 〈인간극장〉 작가로 일할 때 처음부터 끝까지 다 거쳐본 것 같아요. 아이템을 찾고 사람들을 취재하고, 촬영에 들어가면 20일 동안 60분짜리 영상 테이프 100개를 녹화해요. 총 6000분 분량의 테이프를 하나하나 보면서 프리뷰 원고를 만들고 5부작 편집 구성을 짜고 보도자료를 쓰는 일까지 다 해봤거든요. 제 직속 선배인 20년 차 작가가 함께하며 조언도 해주셨고요. 좋은 글쓰기 멘토와 환경을 만나 훈련한 셈이죠.

훈련의 밀도가 꽤 높았을 것 같습니다.

자연히 글쓰기를 영상처럼 접근하게 됐습니다. 방송작가 전에 하던 일이 프로듀서이기도 했고요. 대학생 때부터 20대 중반까지는 카메라를 들고 작업했거든요. 전 원래 영상으로 말하는 사람이었어요. 그래서 글을 쓸 때 그 장면이 머릿속에서 재생되듯 영상 장면부터 떠올라요. 그 장면을 보여주듯이 쓰고요. 영상으로 말하던 일이 이제는 보이는 글쓰기로 연결되었습니다.

어쩐지, 그대로 영상으로 만들면 좋을 것 같은 부분이 종종 보이더라고요.
방송작가는 구성작가예요. 라디오나 TV 등 프로그램 진행을 위한 대본 쓰는 일을 배우다 보니, 같은 이벤트가 일어나도 장면 배치에 따라 느낌이 달라요. 인트로와 엔딩 사이에 무수히 많은 장면이 있듯이요. '이 장면을 여기에 넣을까, 저기에 넣을까'를 상상하곤 합니다.

좋은 방법이네요.
글을 처음 쓰려는 분, 책보다 유튜브가 더 친숙한 분에게는 영상을 만들듯 글을 써보라고 해요. 영상이 더 익숙한 시대잖아요.

방송작가로 4년을 일하다가 갑자기 그만두고, 어린이나 청소년을 위한 아동문학을 쓰고 싶으셔서 한겨레 아동문학 작가학교도 다니셨다고요. 그런데 첫 책은 소설이 아닌 에세이였어요. 어떤 계기가 있었나요?
저도 에세이로 책을 내게 되리라고는 꿈에도 생각하지 못했어요.

글쓰기의 쓸모

우연히 브런치를 발견하고 브런치 작가가 되었는데요. 혼자만 쓰고 간직했던 사적인 글들을 공개적으로 쓰기 시작했습니다. 30일 동안 꾸준히 글을 쓰니 독자가 생기기 시작했고 출간 제안을 받고 브런치북 금상도 타면서 첫 책을 내게 됐어요. 공적인 글쓰기를 통한 작은 우연이 세 권의 에세이를 낸 작가가 될 수 있도록 이끌었어요.

저도 수리 님을 처음 발견한 곳이 브런치였어요. 주로 에세이를 쓰는 작가인 줄 알았는데, 애니메이션 〈토닥토닥 꼬모〉의 시나리오를 썼고 청소년 소설로 등단도 했어요.

방송, 에세이, 시나리오, 소설 등 여러 장르의 글쓰기를 경험했어요. 그러면서 느낀 건, 어떤 장르의 글이든 작가의 자전적 이야기와 고유한 시선이 깃든다는 것. 장르에 구애받지 않고 어떤 형태로든 꾸준히 제 글을 쓰고 싶습니다.

이제는 브런치 독자 수도 2만 명 가까이 되어가고, 다양한 연령대의 독자에게 사랑받고 있어요.

개인적으로는 《잡스 – 소설가》 중 정세랑 작가 인터뷰에 나온 포지셔닝 이야기가 좋았어요. 저도 가끔 포지셔닝을 고민하거든요.

전에 브런치 마케터인 키미 님에게도 이런 이야기를 한 적이 있어요. "저는 젊은 작가도, 엄마 작가도 아닌 것 같아요. 트렌디한 에세이를 쓰는 작가도 아니고, 그렇다고 소설만 쓰는 것도 아니고… 다큐 작업 등 여러 분야에서 쓰고 있어서 정체성이 고민돼요." 키미 님은 그게 제 정체성이라고, 지금 이대로 하면 좋겠다고 말해주시더라고요.

전략에 대해 말씀드리는 게 나을 것 같아요. 포지셔닝에 대한 고민이 필요하다고 자주 느낍니다. 내가 어떤 걸 잘 써서 결과물을 완성하는 것도 중요하지만, 시작 전에 다른 사람과 겹치지 않는 방향으로 가고 있나 확인하는 게 어쩌면 더 중요할지 몰라요. 좋아하는 작가가 있으면 아무래도 그 작가의 글을 닮아가는 경향이 있는데, 그 방법으로는 프로페셔널이 되기 어려워요. 그보다는 다소 거칠더라도 기존에 없던 자신만의 색깔을 진하게 만드는 쪽이 확률이 높습니다.

물론 업계 바깥의 개인으로서, 스스로를 어떻게 포지셔닝할지 가늠한다는 것은 매우 어려운 일일 거예요. 그래도 진입하고 싶은 세계가 있으면 꼼꼼하게 조사해야 합니다. '이런 성향의 작품이 있고, 저런 성향의 작품이 있으니 내 글을 어느 위치에 둘까.'

바둑과 비슷하려나요? 어디에 돌을 두느냐의 문제입니다. 모두가 글을 쓰는 시대이기 때문에 이미 있는 걸 피하는 게 쉽진 않지만, 어쨌든 자신만의 무언가로 뾰족하게 뚫고 나가야 합니다. _매거진 〈B〉 편집부, "Interview 2: 정세랑", 《잡스 – 소설가》, 레퍼런스 바이 비

그는 글쓰기를 어려워하는 사람을 위해 누구나 한 번쯤 써볼 법한 글감 네 개를 소개했다. 유년의 기억, 사무친 순간, 꿈의 기록 그리고 살아 있는 말이다. 그중 사무친 순간은 아픔, 상처, 고통, 슬픔, 우울 등 어둡고 부정적인 기억을 수반한다고 덧붙였다. 고수리는 강연 중에 이렇게 말했다. "직면하기 어렵겠지만, (사무친 순간에 관해) 한 번쯤은 써보시길 권해요. 기왕이면 공적인 글쓰기를 통해서요."

강연 후반부에 모두가 직접 참여했던 순간도 기억난다. 그날 '300초 라이팅'이라 불린 코너는 '나는 기억한다'로 시작하는 문장을 5분 동안 각자 쓰고, 돌아가며 낭독하고, 그걸 모두가 보는 화면에 기록하는 방식으로 진행됐다. 모든 사람의 고유한 이야기가 흰 스크린을 가득 채운 그 순간은 하나의 작품 같았다.

"왜 글을 쓰냐는 물음에 자신만의 답이 있어야 해요"

강연이나 수업을 통해 글쓰기 안내자로도 활동하고 계세요.

글쓰기 수업을 하다 보면 상담가 역할을 하고 있다고 느낄 때가 많아요. 내가 어느 정도 글을 쓴다는 자신감이 생기면 굳이 여기까지 찾지 않거든요. '한번 글을 써볼까?'라는 생각으로 오는 분들은 1~2회차 수업을 듣고 환불하기도 해요. 제 수업은 대부분 어디서부터 어떻게 글쓰기를 시작해야 할지 막막한 분들이 많이 찾아와요. 재미난 점은 글을 계속 쓸 것 같은 사람과 그렇지 않을 것 같은 사람이 제 눈에 보인다는 점이죠.

얼굴만 보고도 알 수 있어요?

눈빛이 달라요. 간절함이 없거든요. 글 쓰러 오는 분들은 나이 불문하고 간절함이 있어요. 이 점이 가장 큰 차이 같아요.

2020년 1월 말에 어머니와 함께 수리 님 강연을 들었는데요. 그날 현장 분위기가 꽤 좋았던 걸로 기억해요. 그때 소개한 글감들을 조금 더 설명해줄 수 있을까요?

유년의 기억, 사무친 순간, 꿈의 기록, 살아 있는 말. 네 가지는 제가 그동안 글을 써오면서 필요했던 글감이에요. 그중 유년의 기억은 나를 만든 '최초'에 관한 소재입니다. 아무리 사소해도 이상하게 선명히 남아 있는 기억이 있잖아요. 그게 어떤 영향을 미쳤든 지금의 나를 만들었을 테고요.

제가 에세이나 소설을 쓸 때 장면을 상상하며 쓴다고 했죠. 모든 글은 기억을 재구성하는 거라고 생각해요. 나를 나답게 만든 건 기억인 셈인데요. 나를 만든 기억의 처음, 그 장면을 살펴볼 필요가 있어요. 내가 어떤 이야기를 쓰고 싶어서 여기까지 왔는데 '처음'에 관한 걸 쓰지 않고 계속 묵히다 보면, 나중에라도 그 글을 쓰기 위해 주변을 계속 맴돌게 되거든요. 유년의 기억은 매우 중요합니다.

깊고 푸른 바다를 들여다본다. 깊이를 가늠할 수 없는 물아래를 상상하다가 손가락으로 바닷물을 찍어 맛본다. 짜다. 아마도 내가 생애 처음 배운 맛은 짠맛이었을 것이다. 미역과 톳과 오징어와 고등어를 먹으며 나는 자랐다. 짠맛과 비린내와 할머니와 엄마의 살냄새가 배어 있는 음식을 먹으며 나는 피가 돌고, 살이 찌고, 키가 쑥쑥 컸다. _고수리, 《고등어 : 엄마를 생각하면 마음이 바다처럼 짰다》, 세미콜론

사무친 기억도 비슷한 맥락으로 바라볼 수 있겠네요.

사무친 기억 때문에 글쓰기 강연이나 수업에 오는 분들도 많아요. 보통 수업에 오는 분들은 사무친 무언가를 쓰고 싶은데, 쓸 용기가 없거나 표현 방법을 모르는 경우거든요.

강연 마지막에 진행했던 '300초 라이팅'도 신기했어요. 덕분에 무의식 중에 있던 제 유년기의 기억을 수리 님이 끄집어낸 것 같았거든요.

항상 글쓰기 수업 1~2회차는 '나는 기억한다'라는 주제로 진행하고 있어요. 이걸 통해 글감을 무조건 다 꺼내도록 해요. 가끔 과제로 낼 때도 있는데, 그러면 너무 깊이 생각하느라, 또는 너무 멋있게 쓰려 고민하느라 수강생들이 힘들어하더라고요.

네 가지 글감은 모두 무의식 속에 묻혀 있는 것들입니다. 내 무의식 안에는 평소의 우리가 마주하는 일상보다 많은 것들이 들어 있어요. 그걸 유연하게 꺼낼 수 있는 방법이 뭘까 고민하다가 이 방법을 떠올렸어요. 5분, 10분 이렇게 시간을 정하면 무의식 중에 있던 글감이 나오더군요.

그때 번갈아가며 낭독했는데, 초반부터 다들 울컥하던 장면이 인상적이었어요.

그렇게 낭독하면 각자의 기억이 한 편의 시처럼 느껴져서 좋아요. 조 브레이너드의 《나는 기억한다》라는 책에서 영감을 받았어요. '나는 기억한다, ○○을.'이라는 문장만으로 쓰인 책인데, 서평가 금정연이 《실패를 모르는 멋진 문장들》에서 언급하면서 알게 됐어요. 금정연 역시 '서평가로서 나는 기억한다. ○○을.'이라고 쓰기도 했고요. 저도 이 포맷을 글쓰기에 접목하면 좋겠다고 생각했어요. 짧은 강연이지만, 참석자가 주체적으로 참여할 수 있는 기회를 주는 게 중요하니까요. 이 방법은 해외에서도 많이 쓴다고 해요.

일회성 강연이나 4~6회의 워크숍으로 구성된 수업을 찾는 분들이 원하는 건 뭘까요?

우선 강연과 수업을 찾는 분의 성향이 달라요. 강연에 오는 분들은 호기심이 더 큰 것 같아요. 글쓰기 기술을 궁금해하기도 하고요. "책을 내려면 어떻게 해야 되나요?"라는 질문을 꽤 많이 들어요. 그런데 책을 내는 것과 글을 쓰는 건 다른 분야잖아요.

책을 내고자 하는 분들께는 독립 출판이나 출판사 투고를 알려드려요. '책의 운명'(tvN의 시사 교양 시리즈 〈tvN SHIFT〉 중 하나. 국내외 다양한 인물을 만나 책과 독서에 관해 이야기하는 2부작 에피소

드로 구성되었으며, 2019년 12월 처음 방영되었다)이란 프로그램에서 정유정 작가가 인터뷰를 통해 "요즘은 읽는 사람보다 쓰고 싶은 사람이 더 많다"라고 말한 게 떠올라요. 저 역시 읽는 독자보다 쓰는 독자가 더 늘고 있다고 느껴요.

글쓰기가 더욱 중요하겠어요.

글쓰기 또한 브랜딩과 닿아 있어요. 글쓰기는 단순히 활자 쓰기가 아니라 콘텐츠를 만드는 일이잖아요. 제가 만약 유튜브 영상을 만든다면 각 장면을 구성하고 거기에 맞는 대본이 필요하겠죠. 글쓰기 기술을 가진 사람은 그걸 능숙하게 해낼 수 있습니다.

'한 번쯤 내 이야기를 써보고 싶어' '어떤 걸 쓰지?'라고 접근하는 대신 '나의 어떤 이야기'를 쓰고 싶은지 묻고 그걸 '어떻게 나답게 쓸 건지' 물어야 해요. 그렇게 시작한 콘텐츠는 글에서 다른 형태로도 확장될 수 있고 나를 브랜딩할 수 있는 수단이 되거든요. 그래서 나를 어떻게 표현하고 싶은지 고민하는 사람들이 수업에 찾아와요.

주로 20대인가요?

30대가 더 많아요. 직장에 갔는데 내가 누군지 모르겠는 사람들.

자아가 잠시 사라질 때죠.

수능을 보고 대학 생활을 열심히 하고 취업 준비도 잘해서 취업 했는데, 막상 일을 하다 보니 내가 사라지는 느낌? '나는 어떤 사람일까' 이 질문을 가진 분들이 많아요.

보다 연령대가 높은 분들은 무얼 쓰고 싶어 하나요?

글을 쓰고 싶어 하는 사람 중에는 '엄마'라는 직업을 가진 분도 꽤 있습니다. 젊은 엄마, 다 큰 자식이 있는 엄마 등 모든 엄마는 누군가를 키우는 동안 잠시 내가 사라지는 경험을 한단 말이에 요. 역시 같은 이유죠. 내 이야기가 뭔지 찾고 싶고 뭔가 표현하고 싶은데 내 이야기를 할 데는 없고… 그래서 여기까지 왔는데 정작 1~2회차까지는 손주 이야기, 자식 이야기 위주로 써요. 그럼 제가 본인 이야기를 써달라고 다시 말씀드립니다. 그러면 3회차, 4회차부터는 눈물바다가 돼요.

저도 엄마 생각이 나네요.

글쓰기 수업을 4~6회차까지 해야 하는 이유는, 3회차가 지나서 야 자신의 솔직한 이야기를 하기 때문이에요. 보통 글을 쓰는 사람은 내향적인 경향이 있어요. 그리고 전문적으로 쓰지 않은 사람이라면 '내가 이렇게 써도 되나' 하는 걱정이나 조바심도 많고요. 경험상 3회차를 넘어가면서 엄청 깊은 이야기를 나눠요.

돌이켜보면 〈인간극장〉에서 많은 걸 배웠습니다. 그때는 깊은 이야기를 듣기 전에 섭외부터 정말 힘들었거든요. 한두 번의 전화로는 불가능해서, 매 아침마다 안부 전화드리는 게 일이었어요.

〈인간극장〉도 처음에는 안부 전화에서 시작했군요.

"잘 지내셨어요? 식사는 뭐 하셨어요? 소는 요즘 어때요? 밭일은 괜찮고요? 아, 빨리 가셔야 하죠? 알겠어요. 빨리 끊을게요."(웃음) 이렇게 안부 전화를 통해 충분히 가까워진 다음에야 온전한 대화로 나아갈 수 있어요. 오랜 기간 공들여 섭외했는데, 막상 촬영할 때도 열흘 넘게는 별 이야기가 없어요. 그렇게 열흘이 지나고 보름 정도 되면 그때 진짜 속 깊은 이야기가 나와요. 보통 사람에게도 특별한 이야기가 있는데, 그걸 어떻게 꺼내야 할지 모르니까요. 다행히 제가 그걸 잘 끌어내는 것 같아요.

잘 들어줘서 그런 걸까요?

잘 듣고, 질문을 잘해줘야 해요. 공감을 하면서도 그때 기분이 어뗐는지 등 글쓰기 안내자가 어떤 질문을 주느냐에 따라 돌아오는 말이 다르고, 나오는 글이 달라져요. 그래서 상담과 비슷해요. 상담도 처음에는 계속 공감하면서 잘 들어주다가 한 번씩 질문을 던지는데, 그 질문이 나를 깊게 생각하게 하는 것들이잖아요. 질문을 잘 던지려면, 먼저 잘 들어줘야겠죠. 잘 듣고, 잘 읽고. 그래서 수업이나 강연을 하고 나면 기운이 소진될 때도 많아요.

이걸 주기적으로 하는 게 쉽진 않을 것 같아요.

어떤 사연은 상상을 초월할 정도로 드라마 같아서 그걸 마주하기 힘들 때도 있어요. 가까운 누군가의 죽음을 목격했거나, 물리적 혹은 정신적으로 폭력을 당했던 트라우마를 간직하고 있거나… 이처럼 묵직한 사연을 다들 하나씩 갖고 있다가 그걸 꺼내는데, 이분들이 이야기하고 나서 부끄럽지 않게 해야 하거든요. 수치심을 느끼지 않도록요. 그걸 툭 털어내고 조금 더 나은 삶을 살 수 있게 해야죠. 그러면 이들의 마음도 한결 홀가분해져요.

묵직한 돌을 대신 받은 건 아니고요?

처음에는 남편도 저를 많이 걱정했어요. 죽음이나 상실, 폭력에 관한 이야기를 들으면 너무 힘들지 않냐고요. 저는 그렇게 힘들진 않았어요. 저 역시 드라마틱한 삶을 살았고, 거기에서 벗어나기까지 얼마나 힘들었는지 알거든요. 그 과정에서 글이 엄청난 힘이 된다는 걸 경험했잖아요.

제가 힘든 것보다는 그분들이 툭 털고 나아가길 바라는 마음이 커요. 모두 작가가 되려고, 또는 책을 내려고 글을 쓰는 건 아니잖아요. 글을 써야 하는 이유를 한 번쯤 충분히 생각해보면 좋겠어요. "왜 글을 쓰세요?"라고 물을 때 자신만의 답이 있어야겠죠.

나는 기억한다, 그날의 강연을 통해 아무런 목적 없이 온전히 나를 위한 글을 써야겠다고 다짐한 순간을. 내게도 사무친 순간이 있었다. 스스로에게 솔직해지자면, 그 소재로 글쓰기를 여러 번 시도했지만 상황상 쓸 수 없었다. 어떻게 풀어야 할지도 막막했다. 그럼에도 그 글을 써야 하는 이유는 명확했다. 고수리의 말처럼 당시 경험을 털어놓아야 다음 글쓰기로 나아갈 수 있기 때문이다.

직업으로서 심리상담을 하는 사람도 평소에 심리상담을 받듯이, 글 쓰는 일로 밥벌이를 하는 사람에게도 글쓰기 안내자가 필요하다. 엄마를 위한답시고 동행한 시간이 결과적으로는 내게 더 큰 도움이 됐다. 고수리의 안내 덕분에 거의 2년 동안 쓰지 못한 채 끙끙 앓던 글을 마무리 지을 수 있었다. (그 글은 이 책 마지막 파트, 마지막 글이다.)

PART 2

나다운 글을
시작하는 법

감정적으로
시작하자

—

시간을 써서 돈을 벌거나, 시간을 아끼기 위해 돈을 지출한다. 시간과 돈으로 해결되지 않는 사안은 결국 감정까지 쓰게 된다. 원하든 원치 않든. 일에 기쁨과 슬픔이 공존하는 이유이기도 하다.

감정은 저평가됐다. 프로답게 일하려면 감정적이어서는 안 된다고들 한다. 하지만 글쓰기에 있어서는 상황이 다르다. 감정은 글쓰기의 핵심 동인 중 하나다.

일단 써라, 주욱

2019년 트레바리에서 독서 모임을 두 시즌 운영한 적이 있다. 인터뷰를 주제로 한 모임이다 보니 주로 인터뷰어의 태도나 기술을 다룬 책이나 인터뷰집 위주로 읽었다. 한 번은 멤버로부터 인터뷰한 내용을 글로 어떻게 정리해야 하는지 막막하다는 의견을 받았다. 그래서 도서관에서 글쓰기에 관한 책들을 살펴보러 갔다가 서가 두 개 정도에 글쓰기에 관한 책이 빼곡하게 있는 걸 발견했다. '이렇게나 글쓰기 책이 많단 말이야?' 나도 결국 같은 카테고리에 놓일 법한 글을 또 쓴다는 점에서 면목이 없지만… 이 현상에 대략 세 가지 가설을 세워볼 수 있었다. 가설 1, 사람들은 여전히 글쓰기를 어려워한다(실은 나도 어렵다). 가설 2, 자신만의 글을 쓰려는 사람이 많다. 그러나 사람들은 정작 글쓰기 책에 관심이 없다(슬프군). 가설 3, 상품성을 중시하는 출판계에서 그럴 리 없다. 글쓰기 책의 수요는 여전히 많다. 그래서 매해 다른 컨셉으로 책이 계속 나오는 것이다! (오, 정말?) 개인적으로는 마지막 가설이 맞기를 바란다.

서가에 꽂힌 책들의 제목만 죽 훑어봤다. 일부만 옮겨본다. "삶을 바꾸는 글쓰기" "뼛속까지 내려가서 써라" "그러니까 당신도 써라" "내 책 쓰는 글쓰기" "매일 세 줄 글쓰기" "기자의 글쓰기". 몇 권을 추려 서문과 목차를 살펴보다가 나탈리 골드버그의 《뼛속까지 내려가서 써라》가 도움이 될 것 같아 모임에서 함께 읽었고, 다행히 반응이 좋았다. 작법서로도 유명한 이 책에는 눈여겨볼 메시지가 많다. 그중에서도 "한 번에 써라. 아니면 글에 힘이 사라진다"라는 메시지를 좋아한다. 처음부터 잘 쓰려고 하느라 우물쭈물하는 대신, 영감이 사라지기 전에 그걸 한 번에 포착할 수 있을 정도로 일단 써야 한다는 말이다.

이날의 모임을 마칠 무렵, 언제 글을 쓰게 되는지 멤버들에게 물었다. "주로 마음이 안 좋을 때요." "전 좋을 때도 써요. 그런데 그 좋은 감정이 구체적이어야 해요." "생각이 확고하면 글을 쓰기 쉽더군요." 멤버 중 한 명은 독후감을 통해 어릴 적 한 장면을 떠올렸다.

초등학교 4학년 시절 어느 날, 내 짝꿍은 학급 다른 친구랑 싸우고 왔는지 씩씩거리며 자리에 앉았다. 그러더니 노트를 꺼내고선 눈물을 뚝뚝 흘리면서 글을 써 내려가기 시작했다. 빼곡한 글씨로 노트 몇 바닥을 순식간에 채웠다. 당시 여자 사람 친구의 감성을 읽어내기엔, 그렇게 글을 써 내려가는 심리적 동기를 이

　　　　　　　　　　　　　　　　　글쓰기의 쓸모

해하기엔 난 너무 어린 남자아이였다. 이 책을 읽으면서 벌써 한참 전인 그때의 기억이 떠오른 건 우연이 아니었다. _황정연 님의 《뼛속까지 내려가서 써라》 독후감

무심코 한 기록에 감정이 있다

그럼 나는 주로 언제 글을 쓸까? 일하면서 쓰거나 외부 청탁으로 쓴 글을 제외하고, 자발적으로 블로그나 브런치, SNS 등에 올린 걸 토대로 살펴보니 몇 가지 특징이 있었다.

첫째, 감정이 움직일 때 글을 쓴다. 생애주기에 따라 감정이 더 짙은 채로 풍성해지는 순간이 있다. 좋을 때보다는 슬프거나 아쉬울 때, 괴롭거나 감정적으로 사무칠 때 글을 쓰고자 하는 욕망은 내면 깊은 곳에서 무언가를 터뜨린다. 모터사이클을 타고 홀로 떠난 여행의 고충, 결혼 후 아내와 치른 크고 작은 전투들이 아이러니하게도 글감이 되었다. 2020년 초 어머니께서 자궁경부암 초기 진단을 받고 수술하신 적이 있는데, 이때 쓴 글을 옮긴다. 그 하루를 돌이켜보면 시간이 지나가길 기다리는 것과 글쓰기 말고는 아무것도 할 수 없었다.

3월 23일 월요일

엄마의 수술 하루 전날. 자궁경부암 초기. 복강경 수술로 진행 예정. 수술 시간은 3~6시간 예상. 수술 전 안내문을 읽다가 아래 문장이 눈에 들어왔다. '복강경 수술은 실패할 경우가 드묾.'

3월 24일 화요일

오늘도 신촌에 왔다. 젊은 학생들이 마스크를 쓴 채 거리를 활보하고 있다. 지금 이 시각, 마스크를 쓴 또 다른 이를 생각한다. 산부인과 김 모 교수는 "교과서 같은 분"이라고 들었다. 매사 꼼꼼하고 좀처럼 틀림이 없는 사람이라는 비유이길 바란다.

아버지에게 메시지가 왔다. '엄마가 방금 수술실로 들어갔다.' 선형으로 흐르는 시간과 교과서 같은 의사. 지금 내가 믿고 의지할 건, 둘 뿐이다. 가족이 암 수술을 받는 중에 내게 종신 암 보험 가입을 권유하는 전화가 왔다. 평소였으면 바로 끊었겠지만, 천진난만한 목소리로 너무 친절히 설명하길래 8분 동안 듣기만 했다. 그러다가 나중에 직접 알아보겠다고 하며 전화를 끊었다. 인생이 때때로 가혹하다고 생각했다.

수술은 대략 여섯 시간이 걸렸다. 입원실에 누워계신 어머니께 담당 간호사가 "예정대로 수술을 잘 마쳤다"라고 하여 그제야 마

　　　　　　　　　　　글쓰기의 쓸모

음을 놓았다. 부모님 두 분의 손을 번갈아 잡고, 내일 또 들르겠다고 하며 병원을 나섰다. 귀갓길에는 흑당 밀크티를 사 마셨다. 단맛이 그리웠다.

오늘 오전과 오후, 두 건의 수술을 집도하고 퇴근했을 의사를 떠올렸다. 직업인으로서 여느 화요일보다 조금 더 피곤했을 것이다. 당신의 피로 덕분에 수술 결과가 나쁘지 않았다. 내가 이름만 알고 있는 그 의사에게 감사한다.

둘째, 내가 보기에 좋은 것, 남도 알았으면 싶은 걸 알릴 때 글을 쓴다. 써보면 어렴풋이 알 수 있다. 알리려는 대상에 대한 내 생각이 온전히 정리되었는지 아닌지 말이다. '그냥 좋으니까'라고만 적어도 충분할 때도 있겠지만, 그 감정을 더 자세히 관찰하고 살피다 보면 '내가 이걸 왜 좋아하지?' '왜 굳이 글까지 써서 알리려고 하지?'에 대한 단서를 발견할 수 있다.

몇 년 전에는 트위터에서 '올해 가장 좋아한 세 곡 선곡 후 다섯 명 지명'이란 해시태그가 유행한 적이 있다. 마침 프로젝트로 알게 된 저자가 나를 지명해 그해 들은 노래 중 세 곡을 소개했다. 어쩌면 매우 쉬운 주제인데, 그 노래를 가장 좋아한 이유를 곁들이며 소개하자니 쉽진 않았다. 나윤선의 〈모멘토 마지코〉란 곡을 이렇게 소개했다.

'나윤선의 팬이다'라고 당당히 말하기엔 팬으로서 갖춰야 첫 번째 덕목 '부지런함'이 부족하지만 어쨌든 나도 팬이다. 2001년부터 발매된 모든 정규 앨범은 거의 다 들어봤고 단독 공연도 여러 번 다녀왔다.

좋아하는 곡 하나를 꼽자면 기타리스트 울프 바케니우스와 함께한 〈모멘토 마지코〉다. 직접 공연을 보면 알 수 있다. 평소에 가수 나윤선이 얼마나 수줍음 많고 말을 못하는지. 반면 노래할 때는 다르다. 그의 노래는 어떤 말보다 유려하고 당당하며 자신감이 넘친다. 바비 맥퍼린과 더불어 내가 제일 존경하는 보컬리스트.

매거진 〈B〉 편집부에서 약 10개월을 준비해 '잡스' 시리즈를 론칭할 때 자발적으로 제작 후기를 쓴 적도 있다. 시리즈의 첫 편이자 에디터 편의 제작 후기 형식을 빌렸지만, 그 글은 지난 10년 동안 얼마나 진로를 헤매고 어떻게 방향을 잡았는지에 관한 이야기이기도 했다.

개인적인 바람이 있다면, 이 책이 진로 선택을 앞둔 청소년이나 대학생에게 더 많이 닿았으면 한다. 내가 나에게 어울리는 직업을 찾기까지 10년이 걸렸다고 썼듯이, 이 진로가 내가 가야 할 길인지 아닌지 판단하는 데는 의외로 시간이 많이 필요하다. 잡스 시리즈를 통해 나에게 어떤 욕망이 있는지, 무엇이 결핍되어 있는지, 나는 어떤 일을 하고 싶은지, 그리고 그 일을 어떤 마음가짐으로 대해야 하는지 스스로에 대한 질문이 많아지면 좋겠다. 그 질문에서 당신만의 이야기가 시작된다._"좋아하는 것으로부터 좋은 것을 골라내는 사람", 〈잡스 - 에디터 : 브런치북 에디션〉, 브런치

많은 블로거들은 자신의 관심사에서 출발해 꾸준히 글을 쓰기도 한다. 성실함이 축적된 시간은 그 자체로 큰 힘이다. 일주일에 한 편씩, 분량에 상관없이 꾸준히 쓰는 훈련을 하다 보면 자신도 모르게 그 분야에서 전문성을 쌓고, '파워 블로거'가 되기도 한다.

"감정이 과대평가됐다고 했지. 다 헛소리야. 감정이 전부야."_영화 〈유스〉

파올로 소렌티노 감독의 2015년 영화 〈유스〉에서 노년의 영화

감독 믹의 대사다. 앞서 말했듯 감정은 글쓰기의 매우 중요한 축이다. 가끔은 시간과 돈으로도 교환하기 어렵다. 그러나 애석하게도 감정은 뇌과학 영역에서는 '화학 작용'에 불과하다. 뇌의 메시지를 전달하는 화학물질인 신경 전달 물질과 호르몬이 신체에 감정적 반응을 일으키는 현상일 뿐이다. 감정과 기분은 시간이 지나면 옅어지고 사라진다.

어떻게 하면 감정을 생생하게 포착할 수 있을까? 내가 만일 음악가라면 그걸로 리듬이나 멜로디 또는 하모니를 만들었을 것이다. 안무가라면 온몸으로 표현하며 춤을 췄을 테고, 화가라면 100호 정도 되는 캔버스에 물감을 풀었겠지. 하지만 나는 아직까지는 글쓰기 외의 다른 방법을 찾지 못했다.

요즘은 주변의 글감을 찾아 글쓰기를 독려하는 다양한 프로그램도 많다. 일례로 '자아성장 큐레이션 플랫폼'을 지향하는 스타트업 밑미에서는 다양한 리추얼을 글쓰기와 연결한 프로그램을 진행 중이다. 그밖에 '작심삼십일' '프로젝트 리콜렉트' '기록상점' 등의 온오프라인 커뮤니티에 참여해보는 것도 좋은 방법이다.

직장 동료인 소윤의 디자이너는 "기록은 소유하는 가장 우아한 방법"이라고 말했다. 그 시작을 도와줄 글감은 당신의 감정 안에 있다.

당신의 감정이 움직였던 때를 적어보세요.

어떤 상황이었나요?

_____

_____

그때 어떤 기분이었나요?

_____

_____

지금 기분은 어떤가요?

_____

_____

왜 감정이 움직였다고 생각하나요?

_____

_____

짧은 일상을 모으면
한 편의 글이다

—

치기 편한 공을 골라내자는 대신, '어떤 상황에서든 받아치자'는 쪽으로 입장을 바꾼 데에는 코치의 영향이 크다. 그는 "배우는 입장에서 오래 쉬면, 애써 쌓은 실력 다 까먹어요"라고 말한다.

더 나은 글쓰기를 공부하는 입장에서 '오래 쉬면, 애써 쌓은 실력 다 까먹을'까 봐 불안하다. 불안을 잠재우기 위해 어떤 상황에서든 쓴다.

내 일상의 알고리즘은 무엇일까

취향을 말해야 하는 상황을 가정해보자. 만약 인스타그램을 사용한다면 그동안 습관적으로 해온 대답과는 다른 답을 들려줄 수도 있다. 바로 인스타그램의 돋보기 모양 버튼을 눌러 어떤 사진과 영상이 주로 나오는지 보여주면 된다. 누군가에게는 연예인의 가십과 근황을 다룬 사진이, 다른 누군가에게는 요즘 뜨는 맛집의 먹음직스러운 음식 사진이 나올 것이다. 나름의 관심사와 최근 반응, 관계에 기반한 알고리즘으로 분석했기 때문에 내가 요즘 무엇에 빠져 있는지 손쉽게, 비교적 객관적으로 알 수 있다.

인스타그램의 알고리즘 말고, 의식적이든 무의식적이든 내가 만드는 알고리즘도 있다. 소소한 일상을 쓴 글이다. 이런 글은 쓰기에 부담이 없고, 길게 쓰지 않아도 되니 오히려 더 자주 쓰곤 한다. 나의 경우, 테니스 레슨을 받고 나면 쓸 말이 많아진다. 어릴 때 잠깐 접했다가 포기한 운동이라 2017년부터 다시 레슨을 받는 중인데, 좀처럼 마스터하기 어려워서다. 테니스에 관한 글은 주로 인스타그램이나 트위터에 적는다. 실력이 조금씩 나아져야 하는데, 매번 트윗만 느는 것 같아 민망할 때가 있다.

"직전에 실수한 건 빨리 잊어버려!" 어느 테니스 고수의 말. 그럼 난 오늘 테니스 쳤다는 사실 자체를 잊어야 할 듯._2017년 3월의 트윗

열두 살 때인가 처음으로 테니스 레슨을 받았다. 너무 짧은 기간이라 언급하기도 애매한데, 그때는 공을 줍는 게 그렇게 싫었다. 날은 춥고, 폼만 연습하느라 별로 한 일이 없는 것 같은데 공까지 주우라고 하니 어린 마음에 금세 흥미를 잃었던 것 같다. 그런데 25년이 지난 요즘은 공을 주울 때가 가장 좋다. 더 이상 공을 쫓아 달리지 않아도 되어서, 숨을 몰아쉬지 않아도 되어서._2019년 8월의 트윗

여러 개의 공으로 여러 번 스윙하다 보면

바구니에 테니스공을 100개 정도 넣으면 가득 찬다. 어느 날은 그렇게 세 바구니를 주워 담은 적이 있다. 레슨은 보통 20분 동안 받는다. "너무 짧지 않아?"라고 물어보는 사람들이 있는데, 레슨을 받아 보면 이게 짧은 시간이 아님을 몸으로 느낄 수 있다. 20

분 동안 공 300개를 쳐낸다는 말은, 대략 4초에 한 번꼴로 스윙한다는 말과 같다. 내가 흘리는 땀과 별개로 300이라는 숫자 안에 성공과 실패가 다시 백몇십 개씩 나뉜다. 자존감이 높은 사람이라고 그동안 생각(또는 착각)해왔는데, 자신감은 이에 비례하지 않나 보다. "자신 있게 스윙하세요." 요즘 코치가 부쩍 자주 하는 말이다. 힘은 빼고 자신 있게 스윙해야 하는데, 자꾸 불필요한 힘만 준다.

일상의 일들을 적자고 마음먹고 적으면 그 마음은 금방 채워질 것이다. 일상의 글을 쓰는 데 걸리는 시간은 그리 길지 않으니까. 너무 짧은 것 아닌지 걱정될 때도 있지만, 하다 보면 이게 단순히 길이의 문제가 아님을 알 수 있다. 몇 분 동안 하나의 짧은 글을 여러 번 쓰면, 글의 개수나 길이와는 별개로 좋은 글과 좋지 않은 글로 다시 나뉜다. 쓸 때는 좋은 글이라고 생각했는데 며칠 뒤에 다시 보면 손발이 오그라든다거나, 개중에는 여기의 글처럼 또 다른 글에 쓸 수 있는 글감이 되는 것도 있다. 어떤 글을 써야 할 때 자신 있게 임하는 데는 여러 번의 스윙(시도)과 여러 개의 테니스공(글감)이 필요하다.

일상 속 글쓰기는 매번 다른 속도와 회전수로 날아오는 테니스공을 쳐내는 것과 비슷하다. 어떻게 바라보느냐에 따라 다양한 이야기를 쓸 수 있다. 개인적이지만 동시에 보편적인 글이기도 하다. 여러 창작 활동 중에서 가장 만만해 보인다. 비용도, 재료와 도구를 갖춰야 하는 번거로움이 없어 언제 어디서든 늘 할 수 있다. 마침 수많은 SNS가 있고, 그중 몇 개는 잘 관리할 자신도 있다.

막상 테니스를 치기 시작하면 테니스 공은 예상보다 빨라 그 크기를 가늠할 여유가 없고 땀이 주룩주룩 나면서 순식간에 숨이 턱까지 차오른다. 빠르게 변하는 피드 속에서 내 일상도 후루룩 날아가버리지만, 여전히 잘하고 싶은 마음에 테니스 레슨도, 일상 글쓰기도 계속한다.

일희일비하지 않고 쓰는 데 집중하다 보면

테니스는 내게 위대한 스포츠다. 테니스를 통해 스스로를 잘 배웠다. 이곳에는 숨을 곳도, 헬멧도, 팀도 없다. 오직 나 자신만 있을 뿐이다._로저 페더러

미국의 소설가 데이비드 포스터 월리스는 2006년 〈뉴욕타임스〉에 실은 글에서 '최고 수준의 스포츠는 인간의 아름다움이

가장 잘 표현되는 무대'라고 언급했다. 그리고 테니스 선수 로저 페더러는 더 키가 크고, 젊고, 근력도 강한 선수들(즉, 운동 감각이 더 우월한) 사이에서 최고 수준의 퍼포먼스를 보이며 늘 '우아한'이라는 수식어를 몰고 오는 독보적 존재다.

2017년 남자 프로 테니스 파이널 개막전에서 만난 잭 소크와 로저 페더러의 경기가 생각난다. 페더러는 다섯 번이 넘는 듀스 끝에 브레이크 포인트에서 소크의 강력한 서브를 받아내지 못해 결국 중요한 세트를 잃었다. 하지만 이후 자신의 서비스 게임을 1분여 만에 따냈다. 그의 멘탈은 한 치의 흐트러짐이 없었다. 다시 소크의 서비스 게임. 소크 역시 첫 번째 서브 실책에도 불구하고 두 번째 서브에서도 자신감을 유지했다. 그러나 소크는 타이 브레이크(tie break, 테니스 경기 중 듀스일 경우 12포인트 중 7포인트를 먼저 획득한 자가 승리하는 경기단축 시스템)에서 두 번 연속으로 실수를 범했다. 이 실책은 바로 승부를 결정짓는 매치 포인트로 이어져 페더러가 승리했다.

다른 각도에서 치고, 다른 종류의 스핀을 넣으면서 자신만의 경기를 하는 것, 그게 저를 정말 행복하게 해줘요._로저 페더러

세계 정상급 선수들도 기본적인 실수를 한다. 더 중요한 건 그 실수를 어떻게 만회하느냐에 있다. 일희일비하지 않고 오직 공에 집중하다 보면, 어느 순간 우아함의 경지에 이르지 않을까?

정말 신기하게도, 아니면 내가 여전히 초보라 그런지 몰라도, 테니스 공을 끝까지 보고 칠 때와 도중에 어림잡아 칠 때는 소리부터 다르다. 제대로 맞은 공이 코트 저편으로 깨끗하게 날아가는 모습을 보노라면, 마음속 먼지들도 중력을 잃고 우주 저 멀리로 가버리는 느낌이다. 비록 찰나에 그치더라도 그 순간만큼은 코트가 화성 표면 또는 영화 〈그래비티〉의 무대가 된다.

탕. 탕. 탕. "그래, 그거예요." 어쩌면 코치의 이 칭찬 한마디를 듣기 위해 레슨을 꾸준히 받는 건지도 모르겠다. 당장은 경쟁에서 누군가를 이겨야 하는 게임보다 이런 안정감을 주는 루틴이 필요하다. 스님이 아침에 목탁을 두드리듯. 오늘도 언제 어디서나 토독토독, 타닥타닥 쓴다.

당신의 SNS 피드에는 어떤 종류의 콘텐츠가 뜨나요?

그중 일상 속 글쓰기로 연결할 수 있는 관심사는 무엇인가요?

남의 글을 옮겨 적는 데도
내 역사가 있다

—

각자의 인생 단계나 지금 관심사에 따라 보이는 글감이 다르지 않을까? 무엇이 뜰 것 같은지 예상하는 것보다 우선 내가 무엇에 빠져 있는지 살펴보는 것부터 시작해보는 게 좋다. 글감은 이미 주변에 충분하다.

'베끼어 씀', 일종의 워밍업이다

필사는 내 취미 중 하나다. 필사한 글을 살펴보면 당시 무엇을 주로 읽었는지, 어떤 주제에 관심을 갖고 고민했는지 엿볼 수 있다. 20대 때는 소설을 많이 읽었다. 일본문화원을 종종 다니면서, 일본 문학과 영화를 집중적으로 접하기도 했다. 무라카미 하루키나 무라카미 류, 요시다 슈이치 등 일본의 사소설에 심취했고, 몇몇 일본 영화의 영향을 받기도 했다. 그 외에도 출판사 열린책들을 통해 소개된 폴 오스터, 파트리크 쥐스킨트의 작품들을 좋아했다.

언제든지 명령이 떨어지면 저는 이곳으로 완전히 정착할 준비를 시작해야 돼요. 그때가 되면 더 이상 편지는 쓰지 못할 거예요. 지구와 달을 오가는 우체부는 없으니까요. 만약에 그런 날이 오더라도 엄마, 제가 있는 곳을 회색빛의 우울한 모래더미 어디쯤으로 떠올리진 말아주세요. 생각하면 엄마의 마음이 즐거워지는 곳으로, 아, 그래요. 다이아몬드처럼 반짝반짝 빛나는 달의 바닷가에 제가 있다고 생각하세요. 그렇게 마음을 정하고 밤하늘의 저 먼 데를 쳐다보면 아름답고 둥근 행성 한구석에서 엄마의 딸이 반짝, 하고 빛나는 것을 찾을 수 있을 거예요. 그때부터 진짜 이야기가 시작되는 거죠. 진짜 이야기는 긍정으로부터 시작된다고, 언제나 엄마가 말씀해주셨잖아요?_정한아,《달의 바다》, 문학동네

사회생활을 시작하면서부터는 놀라울 정도로 문학과 멀어졌다. 환경이 바뀌면서 당장 읽어야 하는 것들의 카테고리도 자연스레 변했다. 이 시기부터는 자기계발, 처세, 경제, 경영 위주의 글을 접했고, 그렇게 접한 글 중 일부를 베껴 적었다. 필사한 글의 출처를 보면〈동아비즈니스리뷰〉〈하버드비즈니스리뷰〉〈뉴욕타임스〉등이 많다. 첫 퇴사를 고민하던 2014년부터 2015년까지의 메모를 보면, 소위 '퇴사해야 하는 이유' '조직을 떠나야 하는 이유'에 관한 글들도 보인다.

동등한 옵션들 중에 선택을 할 때 우리는 정말 놀라운 일을 할 수 있습니다. 우리는 선택 너머로 우리 자신을 올려놓을 수 있어요. 이곳이 제가 있는 곳입니다. 이게 저라는 사람입니다. 저는 은행 일을 위해 있습니다. 저는 초콜릿 도넛을 위해 있어요. (청중 웃음) 어려운 선택을 해야 할 때, 이런 응답은 이성적입니다. 하지

글쓰기의 쓸모

만 우리는 주어진 이유들을 따르지 않아요. 그보다는 우리가 만들어낸 이유들을 따릅니다. 우리가 저런 사람보다는 이런 사람이 되고자 이유를 만들어낼 때 우리는 온 마음으로 그러한 사람이 되는 것입니다. 자기 인생의 작가가 된다고 말할 수도 있겠죠. 그래서 어려운 선택을 만났을 때 어떤 게 더 나은 선택인지 찾으려고 벽에 머리를 칠 필요가 없습니다. 최고의 선택은 없어요. 바깥에서 이유를 찾기보다는 우리 내면에서 이유를 찾아야 합니다. 나는 어떠한 사람이 될 것인가? 여러분은 분홍색 양말을 신고, 시리얼을 좋아하고, 시골에 사는 은행가가 되기를 선택할 수 있을 거예요. 저는 검은 양말을 신고, 도시에 살며, 도넛을 좋아하는 예술가를 선택할 수도 있고요. 어려운 선택에서 무엇을 할 것인가는 우리 각자에게 달려 있습니다. _루스 창, "어려운 선택을 하는 법How to make hard choices", 테드살롱 뉴욕2014TEDSalon NY2014 강연

쓸 말이 따로 없는데 내 글을 쓰는 건 어렵다. 그러나 남의 글을 옮겨 적는 건 쉽다. 필사筆寫란 '베끼어 씀'을 말한다. 일종의 워밍업이다.

필사는 글의 실마리다

필사에는 몇 가지 장점이 있다. 첫째, 정보를 장기 기억으로 전환시킬 수 있다. 어떤 글을 한 번 읽고, 그걸 손으로 옮겨 적는 과정에서 몇 차례 더 읽는 동안 뇌에 좀 더 오래 각인되는 효과가 있다. 《1천 권 독서법》《기적을 만드는 엄마의 책 공부》의 전안나 저자는 7년 동안 1700여 권의 책을 읽으면서 음독과 필사를 병행했다. 그는 눈과 손으로 다섯 번 이상 다시 읽기를 통해, 헤르만 에빙하우스의 망각 곡선 주기를 철저히 이용해서 단기에 상실되는 기억을 장기 기억 장치로 옮길 수 있었다고 언급했다.

둘째, 구조적 사고를 돕는다. 언어 행위는 고도의 사고력을 필요로 한다. 보고서를 예로 들면, 요약과 목차만 봐도 이 보고서가 무엇을 말하고자 하는지 어떤 구조로 이뤄져 있는지 쉽게 파악할 수 있다. 나는 2014년에 호기심으로 주주 연차 보고서와 Form 10-K[미국 증권거래위원회(SEC)가 요구하는 연례 보고서로, 기업의 재무성과를 종합적으로 요약해준다. 10-K에는 주로 기업 이력, 조직 구조, 임원 보상, 지분, 자회사, 감사를 마친 재무제표 등의 정보가 포함되어 있다]의 목차를 옮겨 적은 다음, 이를 토대로 당시 스스로의 상반기 보고서를 만들어 보기도 했다.

셋째, 나만의 아카이브가 풍성해진다. 간직하고 싶은 풍경이 있으면 무의식 중에 사진을 찍듯, 필사를 하면 그 기록을 내 것으로 소유하는 기분을 느낄 수 있다. 이렇게 메모한 글들은 궁극적으로 내 글을 쓰는 데도 대부분 도움이 된다.

필사는 앞서 언급한 세 가지 장점과 더불어, 실무자로서 어떤 기획안을 짜거나 새로운 글을 시작할 때 실마리를 제공한다. 내가 매거진 〈B〉와 퍼블리에서 일하면서 경험한 사례 두 가지를 소개한다.

먼저 B의 '서울' 개정판 마감 때다. B는 균형 잡힌 브랜드를 한 호에 하나씩 소개하는 브랜드 다큐멘터리 매거진이다. 2011년 11월에 창간해 지금까지 패션, 라이프스타일, 테크, 도시 등의 영역을 브랜드 관점으로 소개해오고 있는데, 2020년 말 기준으로 개정판까지 낸 건 '서울' 이슈가 유일하다. 그만큼 서울이 빠른 속도로 변화를 거듭하기 때문이다. 기획 회의를 통해 2016년 '서울' 초판에서 소개한 여섯 개의 카테고리(패션, 라이프스타일 & 디자인, 스테이, 뮤직, 다이닝, 커피)를 업데이트하고, 서울의 체질을 보여주자는 의도로 '살기 좋은 도시' '편의성과 쾌적함을 갖춘 도시'를 담은 새로운 섹션을 추가하기로 결정했다. 전자가 산업의 지형을 보여준다면 신설된 후자는 행정의 지형을 보여준다. 나는 후자 쪽을 맡아 에세이, 시장 인터뷰, 기획 기사, 서울의 위상과 인프라 변화를 엿볼 수 있는 수치를 준비했다.

기획 기사 아이템을 정하기 전, 편집장은 내게 이렇게 의도를 전했다. "시민들에게 편리한 서비스를 소개해보면 어때요? 그동안 우리 곁에 있지만, 잘 몰랐던 것들도 좋고요." 문제는, 편리한 서비스가 워낙 많은데 그 서비스의 생애주기가 너무 짧다는 사실이었다. 특히 스타트업의 서비스 등 민간 영역은 1~2년 뒤를 예측하기도 어려웠다. 마침 피터 W. 페레토가 쓴 《플레이스/서울》 일부를 필사했는데, 거기서 힌트를 얻었다. 저자는 산악으로 둘러싸인 분지 지형의 메가 시티가 'DHL 물류 네트워크'처럼 효과적으로 기능할 수 있는 배경으로 도시 인프라를 꼽았다. 필사한 글에서 사고를 확장한 덕분에 교통 서비스를 다루겠다는 기획안이 편집장 선에서 통과됐고, 서울의 정교한 교통 시스템과 담당자 코멘트, 관련 수치를 함께 넣어 기획 기사를 마감했다.

"서울을 구성하는 개개의 동네들은 살얼음 조각들처럼 서로 붙어 있을 따름이다. 언제라도 떨어져 나갈 수 있지만 기반 시설이라 통용되는 도로와 교량, 옹벽 따위의 매개 시스템 덕분에 한 덩어리가 된 것이다." 홍콩중문대학교 건축과 교수이자 서울에서 5

년 동안 머물며 《플레이스/서울》을 쓴 건축가 피터 W. 페레토의 글이다. 실제로 서울은 그의 표현대로 '시에나의 캄포 광장'보다는 'DHL 물류 네트워크'와 더 공통점이 많은 곳이다. 산으로 둘러싸인 분지 지형과 한강을 중심으로 수많은 동네가 불연속적으로, 그리고 유기적으로 성장해온 도시이기 때문이다.

…

삶의 질에서 교통이 더욱 중요해진 이유에 대해 세계은행 한국 녹색성장신탁기금 팀 소속의 도시·교통 담당관 이호성은 "전반적인 소득 수준이 올라가면서 시민들이 원하는 것이 바뀌었다"라고 말했다. 그는 시간을 언급했다. "서울시가 정말 잘한 점은 시민들이 길에서 버리는 시간을 많이 줄였다는 점이다. 예를 들어 개발도상국에 출장을 가면 서울에서만큼 미팅을 많이 못 잡는다. 길이 막히고, 대중교통이 없는 경우도 많다. 있어도 회사에서 안전을 이유로 이용하지 말라고 한다. 서울은 그렇지 않다. 나는 교통이 우리 삶의 질을 많이 바꿔놓았다고 생각한다. 이동하는 데 걸리는 시간이 예측 가능하니까 그만큼 하루를 더 효과적으로 보낼 수 있다." 시간은 곧 기회와 연결된다. 우버가 2018년 9월부터 선보인 캠페인은 이를 직관적으로 잘 보여준다. 영상에는 차 문을 열고 어딘가에 막 도착한 사람의 다음 장면들이 나온다.

출산을 앞둔 부인과 병원으로 가는 남편, 딸의 중요한 야구 경기를 보러 가는 아버지, 근사한 레스토랑으로 향하는 노부부, 중요한 비즈니스 미팅에 참석하러 가는 여자. 결국 그들을 놀라운 기회로 데려다주는 것은 교통이며, 서울은 하루에도 몇 번씩 그 기회를 마주할 수 있는 도시다."_매거진 〈B〉 편집부, 매거진 〈B〉, No.50 서울, 제이오에이치

다른 하나는 퍼블리의 뉴스레터 사례다. 뉴스레터 당번은 매번 금방 다가왔고, 다른 마감과 겹쳐 있는 중에 딱히 떠오르는 글감마저 없으면 곤란해지기 일쑤였다. 그 와중에 나는 가능한 하나의 주제로 이어지도록 쓰려는 욕심까지 부렸다.

2018년 1월 12일에 발송한 127번째 레터의 소재는 '가상화폐 투기'였다. 비트코인의 엄청난 변동성이 사람들의 마음을 흔들었고, 나 역시 예외는 아니었다. '어떻게 글을 시작하면 좋을까?' 노트를 뒤적거리다가 마침 법정 스님의 《일기일회》 중 '응무소주 이생기심'에 대한 필사를 발견했다. 덕분에 비트코인 이야기로 바로 들어가는 대신, 그에 대한 나의 욕심, 흔들리는 마음을 먼저 짚는 방식으로 글을 시작할 수 있었다. 이처럼 필사는 마감에 쫓기는 사람을 구제해주기도 한다.

응무소주 이생기심應無所住 而生其心

어디에도 머물지 말라,

어디에도 머물지 말고 그 마음을 내라.

어디에도 매이지 말고 그 마음을 일으키라는

말입니다. 움켜쥐었던 것을 놓아 버릴 수 있어야 합니다.

어떤 것을 늘 움켜쥐고 있으면 거기에 갇혀 사람이 시들어 버립니다.

그 이상의 큰 그릇을 갖지 못하게 됩니다.

_ 법정,《일기일회》, 문학의숲

어쩌다 글쓰기 강연을 할 때마다 묻곤 한다. "여러분, 자주 보시나요? 자주 들으시나요? 자주 읽으시나요?" 그리고 덧붙인다. 보고 듣고 읽는 경험은 자주 하고, 가끔은 자신이 보고 듣고 읽은 것을 필사해보라고.

필사하는 법

필사할 때는 가급적 손으로 직접 쓰는 걸 권한다. 요즘은 클라우드로 연동되는 메모 앱, 생각의 구조화를 돕는 다양한 앱을 활용해 어디서든 손쉽게 모바일 기기로 적는 경우도 많다. 나 역시 아이폰의 기본 메모 앱을 활용하지만 가끔은 그 메모를 일부러 노트에 옮겨 적는다. 생각이 정리되는 데에도 시간이 필요하기 때문이다. 키보드로 타이핑하거나, 텍스트를 그대로 드래그해 복사하고 붙여 넣는 행위는 간편한 만큼 기억에서도 빨리 사라질 확률이 높다. 내가 적었나 싶을 정도로 디지털 형식의 메모는 한없이 쌓이는 반면, 물성이 있는 노트는 내 손에 있는 한 찾아보고 발견할 수 있다. 노트를 잃어버리지 않는 이상 그 기록이 디지털 파일처럼 날아갈 일도 없다.

필사라고 해서 꼭 고전이나 거창한 걸 옮길 필요는 없다. 최근에 필사한 몇 가지를 보면 내가 접할 수 있는 거의 모든 곳으로부터 글을 가져왔다. 예술가의 작품 속 구절, 회의록, 누군가의 강연, 발표 정리, 책 속의 좋은 구절, 친구가 SNS에 올린 글, 테슬라 창업자이자 돌발적으로 트윗을 올리기로 유명한 일론 머스크의 트윗, 신문 기사, 리서치 때문에 약 한 시간 동안 진행한 스카이프 미팅 등등.

올여름, 나에게 가장 큰 자극이 됐던 사람들은 뚜렷한 뭔가를 선택하고 그것에 깊이 집중했던 이들이었다. 불필요한 모든 과정과 잡념을 떨쳐버리고, 완벽하게 몰입하며, 삶의 주도권을 단단히 거머쥔 이들의 모습이란 아름다움을 넘어 경탄스럽기까지 했다. 영화 속에서, 일상 속에서 이런 사람들을 보며 부러움과 동경의 감정을 느꼈던 건 올 상반기 나의 삶이 그 어느 때보다 번잡했기 때문일지도 모른다. 참으로 시의적절하게도, 한숨 돌릴 시간이 생겼다. 무엇보다도 이번 휴가는 필요한 것들에 집중하고 불필요한 것들을 정리해 일상 밖으로 밀어내는 시간이 되었으면 한다._2019년 6월 21일, 오랜 친구이자 현 〈씨네21〉 편집장인 장영엽 페이스북(친구에게 허락을 구하고 내 노트에 옮겨 적었다.)

출처를 함께 적자. 필사는 기본적으로 남의 것을 옮겨 적는 행위다. 필사하는 도중에 우리는 의도하든 그렇지 않든 원본을 가공하거나 축약할 수도 있다. 그렇기 때문에 나중에 필사본을 발견할 때, 출처가 없다면 원본이 무엇이었는지 알 길이 없다. 가능하다면 그 출처 역시 다른 곳에서 옮겨 적은 건 아닌지, 원출처인지 확인해야 한다. 그래야 해당 구절이 원문이 맞는지 검증할 수 있고, 내 취향에 맞는 다른 콘텐츠로도 확장 가능하다. 또한 논문이나 다른 상업 출판물에 해당 글을 인용할 경우 저작권자에게 이용 허락을 구할 수 있다.

현대 미술을 전공했고, 한때 미술 학원에서 학생들에게 정물화를 가르쳤던 아내는 학생들에게 종종 '보고 그리라'고 말했다. 그런데 막상 눈앞에 놓인 정물을 보고 제대로 그린 학생은 드물었다고 한다.

"그럼 그 학생들한테 뭐라고 했어?" "다시 말했지. 보고 그리라고! 정물화를 그릴 때는 그 정물에 도화지를 최대한 가까이 가져가야 해. 그래야 그때그때 비교해서 그릴 수 있거든. 대부분의 학생들은 여전히 자신의 머릿속에 있는 사과를 그려. 눈 앞에 있는 사과를 그려야 하는데 말이지."

정물화를 잘 그리기 위해 모방하는 법부터 배우는 것에 비하면 언어 기반으로 된 글이나 음악 가사, 영화 대사 등의 필사는 오히려 쉬울 수도 있다. 보이는 그대로, 들리는 그대로, 읽히는 그대로 써보면 좋겠다.

글쓰기의 쓸모

간직하고 싶은 글을 필사해보세요.

"광대한 우주, 그리고 무한한 시간,
이 속에서 같은 행성, 같은 시대를
앤과 함께 살아가는 것을 기뻐하면서"

- 칼 세이건
「코스모스」 헌사 -

You might say that we become
the authors of our own lives."

" So the lessons of hard choices:
reflect on what you can put
your agency behind, on what you
can be for, and through hard choices,
become that person. "

<u>인생의 갈림길에서 좋은 선택을 하는</u>
<u>5가지 방법</u>
("n/w memo)

(제목이 별로
쓰게 안 든다.)

The Hard Thing
about Hard Things
by Ben Horowits

1. 의식적으로 선택의 폭을 줄일 것

" All of this choice has two effects,
two negative effects on people. One effect,
paradoxically, is that it produces paralysis, rather
than liberation ... With so many options to choose
from, people find it very difficult to choose
at all.. "

2. 기회비용은 생각하지 말 것

" The second effect is that even if we manage to
overcome the paralysis and make a choice,
we end up less satisfied with the result of the
choice than we would be if we had fewer
options to choose from ... it's easy to imagine
that you could have made a different choice
that would have been better.

3. 가대치를 낮출 것

4. 스스로 탓하지 말 것   since '선택과잉'처리

5. '옳은 선택'이란 없다는 것을 깨달을 것

" When we choose between options that are on a par,
we can do something really rather remarkable.
We can put our very selves behind an option
Here's where I stand. Here's who I am. I am for
banking. I am for chocolate donuts. This response..
's supported by reasons created by us. When we
create reasons for ourselves to become this kind
of person rather than that, we wholeheartedly
become the ...

ⓒ 비오 (연습반)

8하. 그 11p
페르소나 알모도바르 → 아네스 바르다
모을 잘   〈바네사가
없앴으면‥   말하는
                              바르다〉

" 올 여름, 나에게 가장 큰 자극이
됐던 사람들은 뚜렷한 뭔가를 선택하고
그것에 깊이 집중했던 (이들)이었다.
불필요한 모든 과정과 잡념을 떨쳐버리고,
완벽하게 몰입하며, 삶의 주도권을 단단히
거머쥔 이들의 모습이라면 아름다움을 넘어
경탄스럽기까지 했다. 영화 속에서, 일상 속에서
이런 사람들을 보며 부러움과 동경의 감정을
느꼈던 건 올 상반기 나의 삶이 그 어느때보다
번잡했기 때문일지도 모른다. 힘으로 시의적절
하게도, 한숨 돌릴 시간이 생겼다.
무엇보다도 이번 휴가는 필요한 것들에
집중하고 불필요한 것들은 정리해
일상 밖으로 밀어내는 시간이 되었으면 한다. "

                              — 장영엽
                               (2019. 6. 21)

"협력 역시 습관이다. 그 습관을 계발하길
바란다. 처음에는 개인의 발견보다
협력적인 프로젝트에 더 신경을 쓰는 것이
부자연스럽게 느껴질지도 모른다.
하지만 일단 그 감정을 극복하면
제 궤도에 오를 것이다.
(···)
협력은 테니스 경기와 같다. 나보다 잘하는
사람과 시합을 펼칠 때 비로소 실력이
향상된다. "

— 트와일라 타프 「여럿이 한 호흡」

14th
(AM 테니스)

대비 네일로그 점검

5pM 편집입버리
'도쿄대낭'검사 ──→ 최빈. 오랜만!

─────────────────

5th   광복절

(레어컷)   어밌 Your Roasting Park 에써 작업. review.
+콘날에 지토이남 만뒤 먹그, 맥즈 바써그레까

─────────────────

6th

반행 쥬비 @_@   ☒ 아파트크리도브 받낼
                        묘즌애들 세번째 마버룩기

─────────────────

17th
(M 테니스)
                        기막쥐때낙 '레쥐
수연 점벙 from 도쿄.   11AM 박혜강
    백드너드.   2pM 정서연

─────────────────

8th   maybe.. ~~day off~~ remote work   ✓반방하이느 UX더가으.
    생반건죽(엔상죽)에써 bbq   거토브 반네
    ③ 쥐크송 : 투덜, 앙지기, 권뇌해

         믿1냥. +수연 홍니

─────────────────

19th
(우M 수영)
       승워이 휘혀헙스 @ 대기내낭 , 피가스꾸 (나바)

─────────────────

20th
2pM <내사남 Maudie> @ 씨네큐브   내우더
7:30pM AP SHOP LIVE

PART   3

타인에게 가닿아야
글은 완성된다

내 것이지만 독자의 것, 제목

—

글쓰기에도 공격과 방어가 필요하다. 둘 다 챙겨야 한다는 입장이지만 방어에 더 무게를 두고 싶다. 긍정 바이럴보다는 부정 바이럴이 더 치명적이니까. 제목은 바이럴 전쟁의 최전선에 있으며, 저자로서 통제할 수 있는 영역이다.

제목 탓만은 아니지만 vs. 제목 덕분에

잠시 독자를 상상해본다. 정보 유통이 빠른 트위터를 예로 들면, 그 독자는 스마트폰의 트위터 앱을 실행하고, 타임라인을 후루룩 훑다가 시선이 가는 트윗을 발견한다. 시선과 엄지손가락이 아래 세 가지를 동시에 확인한다. A 누가 올린 트윗인가, B 공유한 링크에 관해 뭐라고 언급했는가, C 링크된 글의 정보는 무엇인가. 보통 커버 이미지(또는 섬네일 이미지), 제목, 한두 줄의 짧은 설명, 플랫폼 정도를 그 자리에서 확인할 수 있다. A, B, C를 모두 고려해 관심과 흥미가 생길 경우 클릭, 그리고 마음속에 저장, 그렇지 않으면 엄지손가락이 다음 화면으로 쓸어 넘긴다. 이 과정이 무한 반복.

저자는 자신의 글이 널리 읽히기를 바란다. 독자는 필요한 글만 읽기를 바란다. 바람이 다른 두 집단이 처음으로 줄다리기를 하는 영역이 링크 정보다. 이는 구글이나 네이버를 통해 검색할 때도 마찬가지다. 제목과 커버 이미지가 최대한 매력적이어야 독자의 관심을 잡아당길 수 있다. 링크 정보가 중요한 또 하나의 이유는, 저자로서 통제할 수 있는 유일한 영역이기 때문이다. A, B 영역은 내가 건드릴 수 없으며 불가지론에 가까운 영역이다. 그나마 C 영역을 설정할 수 있는데, 본문 대신 제목과 커버 이미지,

URL 등의 정보만 보인다. 본문이 좋으면 누군가 그 링크를 자발적으로 공유할 수도 있지만, 이 역시 글이 발견된 후의 이야기다. 아무리 본문을 잘 써도 독자가 본문부터 발견할 확률은 낮다. 저자인 내가 할 수 있는 것 중 가장 효과적이고 중요한 일, 제목부터 잘 지어야 한다.

"제목학원에 다니고 싶어요." 실제로 그런 학원은 없다. 그러나 종종 있기를 바란다. 제목을 잘 짓고 싶은데 정답을 발견하지 못하던 때면 회사에서 이 말을 자주 하곤 했다. 놀랍게도 마케팅이나 세일즈 직무의 사람에게 조언을 구하면, 실패할 확률이 낮았다. 그들은 어떻게 하면 제목을 '잘' 지을지 고민하기보다 어떻게 하면 그 제목이 '팔릴지' 고민했다.

글 하나의 제목을 정하는 것도 어려운데, 책은 어떨까. 책은 제목과 표지 디자인이 판매량에 영향을 미칠 정도로 중요해서 담당 편집자가 몇 가지 안을 추려 대표에게 확인받는 경우가 많다. 2016년 9월 미메시스를 통해 첫 책이 나왔을 때의 일화를 소개한다. 출판사에서 쓴 책 소개 글의 앞부분은 이렇다.

30세를 갓 넘긴 한 청년이 다니던 회사를 그만두고 6개월간 모터사이클 여행을 시작한다. 이 책은 여정 중에 기록한 길고 짧은 글들과 사진을 담은 여행기이다. 동해에서 출발해 블라디보스토크를 거쳐 러시아 대륙의 끝없는 지평선과 길 위의 사람들을 만나고, 북유럽의 풍광으로 몸과 마음을 환기하고, 사람들을 찾아 유럽 곳곳의 나라로 유랑하던 날들의 기록이 꾸밈없이 담겨 있다.

워밍업 차원에서 출간 전 임시 제목을 정할 일이 있었다. 그해 4월 말, 한국 출판문화산업진흥원에서 진행하는 '2016년 우수출판콘텐츠 지원사업'에 지원하려면 아무 제목이라도 붙여 원고를 보내야 했다. 식품과 엔터테인먼트 영역을 다루는 모 대기업에서 브랜드 마케터로 일하는 친구에게 조언을 구하고자 내 선에서 짜낼 수 있는 모든 제목을 던졌다.

블라디보스톡을 거쳐 바르셀로나까지 / 바람을 달리다 / 셀프 스티어링 self steering / Dear Fear 안녕, 불안 / Zen Motorcycling / 그 여름 유라시아 / 다른 길을 달리다 / 바람의 마음 / 가보지 못한 길 / Why I Ride / 유라시아, 나의 여행기: 모터사이클로 블라디보스톡에서 바르셀로나까지 / 나의 여행, 나의 기록 / …

친구가 답했다. "다 구림. 좀 더 발전시켜봐." 다시 카톡을 보냈다. 한창 여행 중 일기를 올리던 워드프레스 블로그의 이름이었다. "DUST, RUST, ASH: Motorcycle Journey with Floating Mind" "영어 논문인 줄 알았잖아. 미메시스가 이름 짓는 스타일도 살펴봐." 몇 번을 더 핑퐁한 끝에 친구 조언을 따라 '한 장의 사진으로부터'라는 제목으로 출품했고, 보기 좋게 탈락했다. 물론 제목 탓만은 아니겠지만, 그만큼 제목 짓기는 쉽지 않았다.

출판사에서 제목을 정할 때는 보다 체계적으로 접근했다. 본문에서 몇 개의 후보를 추렸고, 최소한 세 가지를 확인했다. 제목이 독자의 호기심을 불러일으키는가, 제목이 책의 주제를 충분히 설명하는가, (서점에서) 한 번에 검색할 수 있는가.

원고의 3차 교정을 진행 중이던 8월 초, 편집자가 제시한 몇 개의 제목을 놓고 머리를 맞댔다. 회의를 통해 '여행기'와 '일단 다시 (떠나야 한다)' 이렇게 두 개의 제목으로 압축했고, 모터사이클로 유라시아를 건넜다는 부제를 추가했다. 그리고 가제본을 만들 때 사진과 함께 제목을 얹어본 뒤에 다시 판단하기로 했다.

제목의 최종 결정권은 미메시스의 모회사이자 해외 문학 출판으로 유명한 열린책들 홍지웅 대표에게 있었다. 그는 편집자에게 맨 처음 생각한 제목이 무엇인지 물었다고 한다. 책을 준비할 때

글쓰기의 쓸모

부터 임시로 붙인 이름은 《모터사이클로 유라시아》였고, 결과적으로 이게 책 제목이 되었다. 거추장스러운 부제도 떼어냈다. 돌이켜보면 나 역시 이 제목이 가장 정직하고 최선이었다고 생각한다. '여행기'와 '일단 다시'는 상대적으로 모호했다.

덕분에 그 책은 무명 저자의 첫 책, 모터사이클 여행이라는 비대중적인 주제임에도 불구하고 중쇄를 찍었다. 간결하고 기억하기 쉬운 제목이 긍정적으로 작용했다고 생각한다. 게다가 '모터사이클로 유라시아 횡단'을 검색하는 사람이라면, 적어도 이 책을 한 번쯤은 마주치지 않았을까 싶다.

로봇의 관심도 끌어야 하는 제목의 시대

글의 제목을 정할 때도 책 제목을 정할 때와 같은 원칙이 적용된다. 저자로서 짓고 싶은 제목과 독자로서 읽어봄직한 제목 사이에서 밀고 당길 때는 독자 관점에서 접근하는 게 낫다. 독자의 엄지손가락에게 쓸어 넘김 당할지, 부드러운 터치를 통해 본문으로 넘어갈지 결정되는 데는 몇 초 걸리지 않는다. 제목이 호기심을 불러일으키는지, 제목을 통해 본문 내용을 짐작할 수 있는지, 검색이 쉬운지 등을 확인해보자. 그걸 결정하는 건 제목에 대한 기대다.

후킹하는 제목에는 몇 가지 패턴이 있어 유형화가 가능하다. 폴인에서 에디터와 마케터가 고심하여 고른 제목을 살펴보자.

지금의 나이키를 만든 건 '미친 생각'이었다 / 구글의 OKR, 우리 회사도 할 수 있을까? / 2만 원 넘는 칫솔, 29CM는 어떻게 완판시켰을까? / GS홈쇼핑이 스타트업에 4300억 원을 투자한 이유 / "한 번에 써라" 글쓰기와 감정의 상관관계 / CES 2021 글로벌IT 기업은 왜 '집'에 주목할까 / 가격 할인 없이 매출 10% 끌어 올린 '이것' / …

많은 독자는 이유나 방법, 유행 또는 브랜드 공신력에 끌린다. 그걸 다시 특정 주제에 맞춰 리스트 형태로 제공하는 리스티클도 인기가 높다. 이런 현상은 수요와 공급의 불균형에 기반한다. 인터넷에 공급되는 콘텐츠는 넘쳐나는 데 반해, 그걸 소화할 수 있는 독자의 시간은 한정되어 있기 때문이다.

글을 쓰는 나도 종종 딜레마에 빠진다. 후킹하는 제목을 붙이면 사람들이 더 많이 클릭할 걸 알면서도 굳이 뻔한 제목을 쓰고 싶지 않은 모순된 감정이 든다. 그렇다고 모호하거나 추상적인 제목을 짓는 것도 좋은 선택은 아니다. 첫 책의 제목 후보인 '여행기'와 '일단 다시'도 이 관점에서 보면 탈락할 만한 이유가 있다. 너무 짧은 단어로 불충분한 정보를 주는 것보다는 논문 수준에 가까울 정도 구체적인 제목이 낫다.

제목은 공모전 심사 때도 중요한 요소다. 제6회 브런치북 출판 프로젝트의 심사위원 중 한 명이자 북스피어 출판사를 운영 중인 김홍민 대표가 제목에 관해 언급했던 내용을 옮긴다.

보통명사를 제목으로 쓰는 일은 지양하는 편이 좋겠어요. 어떤 글이든 마찬가지겠지만 공모전에서 제목은 중요합니다. 한데 '농담'이나 '미인' 같은 단순하고 평범한 보통명사를 제목으로 출품하는 경우가 많더군요. 밀란 쿤데라 같은 대가쯤 되면 이런 제목도 얼마든지 심오해 보이겠지만, 공모전에서는 마이너스 요인입니다. 어떻게든 읽는 이가 궁금증을 느낄 수 있도록 만들어야 해요.
_매거진 〈B〉 편집부 × 브런치팀, "공모전에 도전하는 신인 작가를 향한 당부 : 김홍민 에디터가 함께 만든 당신의 책", 〈10인의 에디터에게 묻다〉, 브런치

마지막으로 이제는 제목으로 독자뿐 아니라 검색엔진 로봇의

관심도 끌어야 하는 시대다. 검색 광고 분야의 플랫폼 스페셜리스트로 일하는 친구에게 조언을 구한 적이 있다. 내가 원하는 제목 A와 좀 더 대중적일 것 같은 제목 B를 놓고 고민 중이었는데, 친구가 잠시 뒤 캡처 화면 하나를 보내왔다. A와 B를 키워드로 검색했을 때의 검색량이었다. B의 검색량이 월등히 높았다. 그는 단호하게 덧붙였다. "B로 정하면 되겠네. 대화 끝end of conversation." 검색 엔진 최적화SEO, Search Engine Optimization를 업무의 일부로 대하는 사람에게는 고민할 필요도 없는 문제였다.

최근에 접한 인상적인 제목 다섯 개만 적어보세요.

_____

_____

_____

_____

_____

그 제목들의 특징과 공통점은 무엇인가요?

_____

_____

_____

_____

_____

_____

_____

_____

눈에 띄거나
맥락에 맞거나,
이미지

—

#hyonniewalker라는 시리즈로 사진을 찍고 있다. 비슷한 구도로 다양한 장소를 배경으로 찍고 있는데 어디에서든 현지의 문화와 사람들과 어울리고 싶은 생각을 반영하고 있다.
'무언가를 꾸준히 반복한다면 거기서 의미를 찾을 수 있을 것 같다'는 마음이 지금까지 이어지고 있다. 그 반복에서 매번 다른 의미를 포착한다.

모든 이미지에는 각기 다른 이유가 있다

제목을 정했으니 이미지를 고민할 때다. 기쁜 소식이 하나 있다. 이미지는 제목보다는 자유롭게 정해도 된다. 슬픈 소식도 있다. 조건부 자유로 최소한 두 가지 중 하나는 충족해야 한다. 시각적으로 눈에 띄거나 맥락에 맞는 정보를 주거나. 시각적으로 눈에 띄는 성질, 시인성視認性은 주관적이다. 사람마다 눈에 띈다고 여기는 모양이나 색이 조금씩 다를 수 있다. 맥락에 맞는 정보는 그나마 객관적이다. 글에서 언급한 내용이나 수치 등의 데이터를 보조하면 된다. 커버 이미지는 자신이 갖고 있는 이미지 중 제목과 어울리면서 가장 매력적인 걸로 고르면 된다.

제목 짓기를 출판사에서 배웠다면, 매력적인 이미지를 다루는 태도는 잡지에서 배울 수 있다. 앞에서 언급한 매거진 〈B〉의 채용 정보를 다시 적어본다. "글 좀 쓸 줄 알고, 이미지에 대한 감이 있는 사람이면 좋겠대." 이 말을 처음 접한 2012년에는 그 이면에 숨은 의미를 몰랐다. 9년이 지난 지금은 이렇게 파악한다. '글쓰기 능력은 기본이고, 지면에서 사진, 일러스트레이션, 차트 등이 글과 어떻게 어우러질지 파악하는 능력도 필요해. 잡지는 시각 요소가 정말 중요하거든.'

잡지 기사는 텍스트와 이미지 비중에 따라 세 가지 범주로 나눈다. 텍스트 중심이거나, 이미지 중심이거나, 또는 텍스트와 이미지 비중이 엇비슷하거나. 에세이가 실린 페이지는 이미지 비중이 낮고, 10페이지 화보에는 글자가 거의 없다. 있다고 해도 깨알 같이 작아 사진을 겨우 설명하는 수준이다. 인터뷰나 특정 주제에 관한 심층 기사는 그 비중이 엇비슷하다.

지면에 실리는 종류나 비중에 관계없이, 잡지는 이미지 하나하나를 중요하게 다룬다. 시각적으로 눈에 띄는 사진을 실어야 할 경우 개성이 뚜렷한 포토그래퍼를 섭외하기도 하고, 일러스트나 인포그래픽으로 정보를 전달해야 하면 적절한 일러스트레이터나 디자이너에게 의뢰한다. 그렇게 받은 이미지를 편집장과 아트 디렉터, 에디터 등이 고심해 정한다. 이는 제작비에도 반영되는데, 텍스트보다는 이미지를 만들어내는 사람의 인건비 지출이 더 높다.

내 글의 이미지는 내가 가장 잘 안다

개인적으로 쓰는 글에 잡지 수준의 투자를 하긴 어렵다. 그러나 한편으로는 대부분의 저자가 시각 요소까지 신경 쓰지 못하기 때문에 역설적으로 이미지에 조금만 더 정성을 들이면 독자의 시선을 끌 수 있다. 예를 들어 자신의 생각이나 경험에 내러티브를 담아 풀어낸 '긴 글'은 잡지 속 심층 기사와 비슷하다. 즉, 텍스트와 이미지 비중이 엇비슷한 기획일 가능성이 높다. 스스로 편집장이 되었다고 가정하고 최선의 이미지를 골라보자. 잡지에 좋은 사례들이 많으니 텍스트와 이미지를 어떻게 조합했는지 참조하는 것도 좋다.

글을 보다 풍성하게 만드는 데 적합한 이미지는 글쓴이가 가장 잘 안다. 여유가 있다면 그 이미지를 직접 만드는 방법이 제일 좋다. 평소에 나만의 이미지 자원을 비축해두자. 경험상 언젠가 다 쓸모가 있었다. 구체적인 방법들을 소개한다.

첫째, 글 쓰려는 대상에 관한 사진은 꼭 찍어두는 것이 좋다. 직접 찍은 사진은 저작권 문제가 없는 가장 확실한 자원이다. 예전 기억을 환기하거나 글로 설명하기 어려울 때에도 사진은 이를 보조하는 훌륭한 장치가 된다.

둘째, 특정 주제를 정해 반복하여 찍어보자. 인스타그램 해시태그를 이용해 아카이브하는 것도 가능하다. 참고로 폴인의 도헌정 에디터는 '#빌딩열전'으로 시내의 고층빌딩 입면 사진을 종종 올리곤 한다. 개인적으로 '#hyonniewalker'라는 해시태그로 내가 걷는 순간을 포착해 모아놓았다.

셋째, 같은 대상을 여러 구도로 찍어보자. 특정 사진이 일련의 연속성을 지니면 시리즈의 커버 이미지로 활용하기에도 좋다. 2018년 맨해튼을 여행할 때 물탱크 사진만 수십 장 찍은 적이 있다. 찍을 때는 특별한 생각 없이 언젠가 쓸 일이 있겠다는 감만 있었다. 최근 '물탱크'를 키워드로 한 인터뷰 시리즈를 기획하면서 그때 찍은 사진이 꽤 적절한 조합이 되었다.

이미지를 직접 만들 여력이 없다면 무료로 제공하는 스톡 이미지 서비스를 이용하는 방법이 있다. '언스플래시'라는 사이트를 가장 추천한다. 언스플래시의 이미지 자료는 상업적 또는 비상업적 용도로 자유롭게 다운로드하여 사용 가능하다. 심지어 수정할 수도 있다. 원 저작자에게 감사를 표하는 걸 권하지만 사용 허락을 받을 필요는 없다. 단, 다운로드한 사진 자체를 다시 팔거나 복제해 유사 경쟁 서비스에 사용하는 것은 금지된다.

언스플래시 등의 스톡 이미지 서비스는 존재만으로 위안이 되지만, 그만큼 다수가 사용하기 때문에 어디서 본 듯한 느낌을 주기도 쉽다. 가급적이면 클리셰를 피하되, 내 글의 맥락과 플랫폼의 섬네일 규격에 맞춰 특정 부분을 잘라 쓰는 것도 좋다.

사진 보정 도구로는 '포토스케이프 X'를 권한다. 역시 무료 소프트웨어다. 2016년부터 사용 중인데, 프로그램 구동도 포토샵보다 가볍다. 크기 조절, 자르기, 노출이나 색상 보정, 수평, 수직 맞추기 등 간단한 편집 정도는 가능하다. 포토그래퍼나 디자이너처럼 세부 기능이 필요한 게 아니라면, 이걸로 충분하다.

당신이 최근에 쓴 글의 커버 이미지를 직접 스케치해보세요.

평소 관심 있게 보았던 대상의 이미지를 떠올리고, 그 이미지를 아카이빙할 해시태그 이름을 정해보세요.

쓰는 것도 행동이다,
시의성

—

사회를 이루는 최소 단위인 가족을 생각하는 것부터 해야겠다고 느꼈어. 가정이 화목하면 사회적으로도 영향력을 발휘할 거고. 결국은 다 연결되는 것이 아닌가 싶거든. 나는 굳이 사회에 대하여 언급하지 않지만, '나부터 잘하자' 이런 생각이 있어. 큰 스케일만 말하면서 실제 생활에서 일치되지 않으면 그다지 신용하지 않는 편이야. 네 생각은 어때?
_"interview 3. 김기태가 손현을 인터뷰하다", 매거진 〈손현〉

모순을 인정하는 글쓰기

말보다 행동이 중요하다.

이 말을 굳게 믿던 때가 있었다. 믿음과 달리 사회문제에 참여하지 않는다는 사실에 부채감을 느꼈다. 뭐라도 해보자 싶은 마음에 1인 시위에 참여했다. 꽃샘추위가 채 가시지 않았던 2013년 4월의 일이다. 미국의 전쟁범죄를 폭로하고 감옥에 갇힌 브래들리 매닝 일병의 석방 운동이었지만, 누굴 위한 시위인지는 중요하지 않았다.

일면식 없는 사람의 얼굴과 이름이 적힌 피켓을 들고 미국 대사관 앞에 서 있는 동안 두 가지를 느꼈다. 첫째, 세상은 생각보다 바삐 돌아간다. 대부분 피켓을 신경 쓰지 않았다. 둘째, 꽤 용기를 내어 1인 시위에 참여했지만 내적으로 큰 변화는 없었다. 혼란스러운 감정만 더 커졌다. 이걸 왜 했을까. '실천하는 나'에 도취된 건 아니었을까. 자기 위안이었나.

언젠가 미국의 지인에게 페북 메시지가 왔다. 그는 홍콩 민주화 운동(또는 시위)을 언급하며 '정말 화나고 속상하고 걱정돼. 네가 누리는 자유는 공짜가 아니야'라고 말했다. 사진에는 무장한

폭동 대응 경찰 10명이 어느 할머니를 둘러싸고 있었다. 그는 노트르담 성당 대화재 때 전 세계가 주목하더니 홍콩에는 별다른 관심을 보이지 않(는 것처럼 보이)는 현실에 분노를 표했고, 잔열은 내게도 전해졌다. 6년 전의 나라면 그 사진을 공유하거나 '화가 나요'라는 이모티콘을 눌렀을지도 모르겠다. (그리고 다시 잊었겠지.) 그새 더 세속적인 사람이 된 건지, 출근길에 정신이 없었는지, 원체 냉정한 사람인 건지, 그 메시지에 오히려 거부감을 느꼈다. 홍콩의 일을 모르는 건 아닌데, 그 분노가 내게로 와서 당혹스러웠다.

말보다 행동이 중요하다. 그렇다고 모두에게 꼭 행동을 권해야 할까? 이건 여전히 어려운 문제다. 대의大義란 무엇인가. 사람으로서 마땅히 지키고 행해야 할 도리가 과연 크고 작은 걸로 나뉠 수 있을까? 우리 일상의 수많은 불의와 부조리가 눈에 밟힌다. 가정과 일터에서 '82년생 김지영'이 더 이상 고통받지 않도록 나부터 바뀌고 개선해야 하는데, 그런 노력 없이 홍콩 민주화 운동을 말하는 게 모순적이었다.

언젠가 나는 '호기심이 많은 사람이라서, 사회문제 역시 호기심의 영역으로 대할 뿐이지, 봉사심이 투철한 성향은 아니'라는 진단을 받고, 부채감을 덜어낼 수 있었다. 이제는 자선 단체의 메시지에 휩쓸리지 않는다. 적어도 죄책감을 자극하는 이미지나 문구에는. 다만 나를 대신해 실천하는 사람, 행동하는 사람에 대한 존중과 지지는 더욱 커졌다.

변화를 기대하는 글쓰기

말은 쉽지만 실천은 어렵다. 우리는 '다양성' '다원화'란 단어를 너무 쉽게 사용하고 있지만 브렉시트, 여성 혐오, 각종 테러 등 세계 곳곳에서 벌어지는 현상을 바라보면 인간 사회는 그 실천과 정반대로 흐르는 것 같다.

2019년 3월 말, 부산 영도에 있는 손목서가에 들렀다가 서문과 목차만 보고 산 책이 있다. 이졸데 카림의 《나와 타자들》. 부제는 '우리는 어떻게 타자를 혐오하면서 변화를 거부하는가'이다. 눈치채지 못한 채, 이미 다원화된 사회에 살고 있는, 게다가 아직까지 단일 민족이라는 환상을 버리지 못하는 한국 사회에 사는 나에게 꼭 필요한 책이라고 생각했다. 학생 때 배운 '주체' '타자성' 등의 어려운 개념은 이제 잘 모르겠고, 당장 내 현실(예를 들어, 다양성을 지지하면서 기왕이면 비슷비슷한 경제 수준의 사람들이 모인 동네에서 살고 싶다는 자기모순)을 냉철히 짚고 싶었기 때문이다.

마침 주제와 장르는 다르지만 묘하게 비슷한 점이 있는 책을 하나 더 발견했다. 인물 전기로 유명한 월터 아이작슨이 쓴《레오나르도 다빈치》. 저자는 다빈치 역시 지금 태어났더라면 주의력 결핍장애나 성인 ADHD 등을 진단받고 전혀 다른 삶을 살 수도 있었다고 말한다.

레오나르도, 콜럼버스, 구텐베르크가 활약한 15세기는 발명, 모험, 신기술을 통한 지식 전파의 시대였다. 다시 말해, 지금 우리가 사는 시대와 비슷했다. 그렇기 때문에 우리는 레오나르도에게서 배울 점이 많다. 예술, 과학, 기술, 상상력을 결합하는 그의 능력은 예나 지금이나 뛰어난 창의성을 위한 공식으로 알려져 있다. 남들과 조금 다른 것을 편안하게 받아들이는 느긋함도 마찬가지다. 그는 사생아, 동성애자, 채식주의자, 왼손잡이였고 쉽게 산만해졌으며 때때로 이단적이었다. 15세기 피렌체가 번영을 누릴 수 있었던 것은 이런 사람들을 기꺼이 포용했기 때문이다. 그리고 무엇보다 우리는 레오나르도의 끈질긴 호기심과 실험 정신을 거울삼아 우리 자신과 우리 아이들에게 기존 지식을 수용하는 것을 넘어 거기에 의문을 제기하는 자세가 얼마나 중요한지

상기시켜야 한다. 또한 창의적으로 생각하는 법과, 어느 시대에 나 있는 창조적인 사회 부적응자와 반항아처럼 남과 다르게 생각하는 법을 배워야 한다.

시대가 먼저일까, 개인이 먼저일까. 특출난 개인의 등장은 결국 그만큼의 토양을 마련한 시대의 분위기가 있었기 때문일까? 20세기에 태어나 21세기에 소멸할 운명을 지닌 나로서는 지금의 이 시대가 조금이라도 더 나은 시대인지, 더 궁금해진다. 21세기는 후대에 어떻게 기록될까?

그 기록에 한 사람의 글을 보탠다. 실천하는 사람, 행동하는 사람에게 존중과 지지를 보내면서도 거리를 둔 사람이 이렇게 글을 남긴다. 대의보다는 일상의 수많은 불의와 부조리에 더 분노한다고 쓴 그 사람은 시대까지는 아니더라도 자신의 일상을 바꾸어낼지 궁금하다. 글은 때론 긴 시간 속에서 하나의 선언이자 행동으로 거듭난다.

요즘 주목하고 있는 사회 이슈는 무엇인가요?

_____

_____

_____

_____

_____

_____

시의성 있는 일에 참여한 경험을 써보세요.

_____

_____

_____

_____

_____

_____

나답기 위해 모두
각자다워야 하니까, 젠더

—

'기울어진 운동장'은 현실에 대한 기만이다. 현실은 더 심각하거나 절망적인데 아무에게도 책임을 묻지 않기 때문이다. 운동장이라는 사회 시스템도 기울어져 있고, 우리도 그렇게 길들여진 채로 기울어져 있는 건 아닐까. 기울어진 채 길들여지지 않고, 오롯이 나답기 위해 쓴다. 나답기 위해선 모두 각자 자신다워야 하니까, 당신을 위해 쓴다.

우리도 기울어져 있는 것 아닐까

'왜 이렇게 여성이 없지?' '여긴 대부분 남성이네?' 지난 몇 년간 에디터로 일하면서 특정 분야의 연사나 인터뷰이를 섭외하거나 추천할 때, 누군가에게 원고를 청탁할 때 이런 생각을 종종 했다. 교수나 고위 공직자 등 여론을 주도하는 쪽이나 특정 영역(테크, 금융)으로 가면 여성이 절대적으로 적었다. 당장 내가 졸업한 대학의 교수 페이지만 봐도 이런 쏠림 현상이 두드러진다.

이는 강연이나 커뮤니티 서비스 영역도 마찬가지다. 내가 불특정 다수 앞에서 강연하거나 모임을 진행해야 할 때 전체 라인업을 보면 남성이 대부분인 경우가 많았다. 지난 2019년, 아내와 함께 연사로 참여한 어느 자리는 주최 측이 고려 중인 1~5회차 강연자가 모두 남성이라는 사실을 발견하고는 조심스레 "보다 다채로운 성별과 커리어를 지닌 연사들을 모실 수 있으면 좋겠다"고 말했고, 그 제안이 반영되기도 했다.

여성이 인터뷰 섭외를 거절한 비율도 높다. 각자 상황에 따라 사유가 다르겠지만 간혹 자신이 속한 업계의 동조 압력을 의식하거나, 스스로 내공이 부족하다고 하며 거절하는 경우는 도리어 아쉬웠다. 후보자가 제안을 받는 경우는 대체로 내부에서 어떤 경로로든 후보자에 대한 1차 검증을 마친 뒤다. 즉, 대중이 후보자의 이야기를 듣고 싶어 하고 후보자에게 충분히 그럴 자격이 있다는 말이다. (개인적으로는 더 신중히 판단해야 할 것 같은) 남성 후보자들은 흔쾌히 수락하는 경향을 보였다. 누군가를 다룬 글을 발행한 뒤의 리스크도 실제로 남성 쪽이 더 컸다.

간혹 아내는 강연이나 인터뷰 요청이 오면 본인이 해도 될지 모르겠다며 묻곤 했다. 그때마다 이렇게 말했다. "당신이 계속 무대에 나가서 말해야 동료나 후배들이 용기를 얻지. 그리고 무엇보다 본인에게도 좋지 않을까? 이참에 생각도 정리하고. 기회가 오면 꼭 잡아. 앞으로 더 잘될 일만 남았어." 지금 시대의 여성에게 필요한 건 겸손보다 믿음이다. 내가 정말 잘하고 있다는 믿음, 내가 하는 말이 많은 이에게 용기를 줄 수 있다는 믿음. 이미 젠더 권력을 갖고 있는 내가 이런 글을 쓰는 것 자체가 모순될 수도 있지만, 남성에게 상대적으로 더 필요한 건 믿음보다 자기 검열이다.

일부 매체와 사람들은 이런 현실을 '기울어진 운동장'이라고 뭉뚱그려 표현한다. 요즘은 정치나 페미니즘뿐 아니라 다양한 영역에서도 쓰이는데, 나는 이 비유가 불편하다. 기울어진 운동장은 현실에 대한 기만이기도 하다. 현실은 더 심각하거나 절망적인데 아무에게도 책임을 묻지 않기 때문이다. 운동장이라는 사회 시스템도 기울어져 있고, 우리도 그렇게 길들여진 채로 기울어져 있는 건 아닐까.

누가 무엇을 어떻게 소비하고 있나

몇 년 전 트레바리 클럽장으로 활동하며 클럽장 모임에 참석한 적이 있었다. 이미 독서 클럽을 몇 년째 운영 중인 분들의 이야기를 들으며, (겨우 첫) 클럽을 운영하는 동안 생긴 몇 가지 고민에 대한 아이디어를 얻을 수 있었다. 전반적으로 "페북에서만 뵙던 사람"을 만날 수 있어 서로 반가워하는 분위기 가운데 황두진 클럽장의 질문이 인상적이었다. 그가 제기한 문제가 이 서비스를 (중간 공급자로서) 처음 접하는 나조차 쉽게 인지할 정도로 눈에 띄었고, 지금의 한국 사회를 드러내기 때문이다. 황두진 님은 "클럽장의 성비(남초)와 멤버 성비(여초)가 반대인 현상"에 관해 문제를 제기했고, 트레바리는 이를 해결하기 위해 어떤 노력을 하고 있는지 물었다. 트레바리 윤수영 대표의 대답은 크게 세 가지로 요약할 수 있었다.

1, 팀 차원에서 2년 전부터 젠더 불균형 문제를 인지하고 있

다. 하지만 2, (다른 책을 인용하여) '시장에서 팔고 싶은 물건과 정작 팔리는 물건이 달라서' 여전히 솔루션을 고민 중이다. 3. 그럼에도 불구하고 팀을 성장시켜야 하는 관점에서 최소 10명 정도를 모을 수 있는 클럽장이라면 성별을 막론하고 섭외를 시도하고 있으니 주변에 좋은 클럽장 후보가 있으면 추천해달라.

그렇다고 여성 클럽장의 숫자가 늘어난다고 해서, 남성 멤버의 숫자가 비례해 늘 것 같지는 않다. 게다가 남성 멤버가 '독서 모임 기반의 커뮤니티 서비스'에 비교적 지갑을 덜 여는 현상에 대해 트레바리는 이유를 알고 있을까?

내가 진행했던 '더 인터뷰' 클럽으로 좁혀 접근하자면, 역시 대부분 여성 멤버다. 이게 단순히 '인터뷰'라는 주제가 남성에게 매력적이지 않아서인지, 그냥 내가 마음에 안 들어서인지는 모르겠다. (둘 다일 가능성도 높다.) 반면 퍼블리에서 진행했던 오프라인 모임은 대체로 남성 고객 비율이 더 높은 편이었다. 일부 테크나 금융, 거시경제 카테고리는 그 쏠림이 훨씬 심하기도 했다. 그리고 모임의 주제는 대부분 '일'과 밀접하게 연결되어 있었다. 마치 요즘 폴인이 진행하는 '스터디'처럼.

'취향이나 관심사를 기반으로 한 모임은 여성 고객 비율이 높고, 관리자 수준으로 넘어가 현업과 직접 연관된 주제의 모임은

글쓰기의 쓸모

남성 고객 비율이 높다'는 가설이 사실이라면, 결국 여성의 유리 천장 문제를 언급하지 않을 수 없다. 결혼과 육아로 이어지는 단계에서 여전히 많은 여성들이 희생하거나 불리하기 때문에, 나아가 일과 연관된 강연 시장, 성인 교육 시장의 공급자로도 진출하지 못하는 게 아닐까? 이와 대조적으로 미혼 또는 비혼 여성들이 적극적인 소비자층으로 활동하는 현상이 그 방증이다.

그럼 나는 개인 차원에서 어떤 노력을 해야 할까? 이 고민은 글 쓰는 에디터로서 '어떻게 하면 일을 더 잘할 수 있을까' 하는 고민, 남성으로서의 자기 검열, 더불어 부부의 파트너십에 대한 고민으로 연장될 수 있다. 10년쯤 뒤에는 나만의 답을 가지고 있으려나? 요즘은 그 답이 별로 중요하지 않다는 생각도 한다. 그저 아내가 어디서 무얼 하든 '양수현' 개인으로서 자신의 존재를 잃지 않고 지금처럼 함께할 수 있으면 좋겠다. 마찬가지로, 나와 그 누군가의 글에서도 한 개인이 오롯이 존재하고 인정받을 수 있으면 좋겠다.

요즘 주목하고 있는 젠더 이슈를 적어보세요.

_____

_____

_____

_____

_____

_____

그 이슈에 대한 당신의 의견은 무엇인가요?

_____

_____

_____

_____

_____

_____

나에게 가장 적합한
글쓰기 플랫폼을
찾는 이에게

—

이승희_기록하는 사람이자 작가로 활동 중인 마케터. 치기공을 전공하여 대전의 작은 치과에서 병원 마케터로 일하다가 2014년 배달의민족에 합류해 6년 동안 브랜드 마케터로 일했다. 자신의 기록을 다양한 형태의 콘텐츠로 만드는 것에 관심이 많다. 직접 수집한 영감이 누군가에게 동력의 씨앗이 되기를 바라며 '영감노트@ins.note'라는 인스타그램 계정을 운영하고 있다. 독립 출판물로는《인스타 하러 도쿄 온 건 아닙니다만》《여행의 물건들》이 있고, 3명의 마케터와 함께《브랜드 마케터들의 이야기》를, 자신의 모든 기록을 엮어《기록의 쓸모》를 썼다.

가장 많은 사람이 이용하는 소셜 미디어는 어디일까? 독일 시장 조사업체 스타티스타가 2021년 1월에 발표한 통계에 따르면, 전세계 사용자 수 1위는 여전히 페이스북이다. 27억 4000만 명이 페이스북을 쓴다. 다음으로 유튜브(22억 9000만 명), 왓츠앱(20억 명), 페이스북 메신저(13억 명), 인스타그램(12억 2000만 명)이 뒤를 잇는다.

또 다른 통계에 따르면, 2021년 현재 소셜 미디어를 사용하는 사람의 숫자(37억 8000만 명)는 지구인(78억 명, 2021년 기준)의 절반에 조금 못 미친다. 이 상황도 오래지 않아 또 바뀔 것이다. 지금의 증가세를 고려하면, 2022년 39억 명을 넘어 2025년에는 44억 명이 소셜 미디어를 사용할 것으로 보인다. 즉, 우리는 지구인의 절반 이상이 여러 개의 소셜 미디어를 동시에 사용하는 시대에 살고 있다.

온라인에 발행된 수많은 글 사이에서 어떻게 하면 내 글을 잘 알릴 수 있을까? 답은 위 단락에 나왔다. 여러 곳의 SNS를 동시에 활용해야 한다. 내 주변에서 이걸 가장 잘하는 사람을 고민하자마자 이승희 마케터가 떠올랐다. 그는 《기록의 쓸모》 저자이자 마케터로 활동하며, '기록자'로서 거의 모든 플랫폼을 활용하고 있다. 더 놀라운 점은 이 모든 걸 크게 힘들이지 않고 한다.

콘텐츠를 잘 알릴 수 있는 방법을 찾고자 이승희 마케터(이하 숭)에게 인터뷰를 요청했다. 그 역시 지구에서 소셜 미디어를 사용하는 37억 8000만 명 중 한 명에 불과하겠지만, 그가 쌓아온 고유한 경험과 이야기는 들어볼 가치가 충분하다. 인터뷰는 2021년 2월 9일 오후 3시 마포구 도화동에서 진행했다.

모든 플랫폼은 콘텐츠의 파이프라인이다

요즘 숭의 활동을 보면 평행 우주가 떠올라요. 어디서든 숭을 만날 수 있는 느낌? 주로 어디서 활동 중인지 소개해줄 수 있을까요?
페이스북, 유튜브, 브런치, 네이버블로그(이하 블로그), 인스타그램 계정 2개를 운영 중입니다. 가끔 매체에 칼럼을 쓰고 인터뷰어로도 활동하고 있어요.

다양한 플랫폼을 활용하고 있네요. 콘텐츠를 직접 만드는 대신, 컨셉에 맞는 콘텐츠를 큐레이션해 영감노트나 커리어리를 통해 자연스럽게 확산시키는 사례도 보이고요.
대부분의 플랫폼을 사용하면서 저 나름의 구조를 만들었어요.

하나를 코어로 쓰고, 그걸 자동으로 전파할 수 있도록요. 콘텐츠의 파이프라인이라고 해야 할까요? 글을 하나 쓰면, 그게 다 퍼질 수 있는 시스템이거든요.

코어는 어디예요?

그때그때 다른데요. 블로그를 주로 코어로 써요. 그곳에서 편하게 쓴 다음, 편집해서 인스타그램이나 페이스북, 커리어리에 올려요.

숭이 플랫폼을 이렇게 조직적으로 활용하는 줄 몰랐어요. 그렇게 시스템을 만든 계기가 있나요?

원래 새로운 플랫폼에 관심이 많은 편이에요. 얼리어답터까지는 아니지만 마케팅 업무를 하면서 새로운 플랫폼이 나오면 무조건 회원으로 가입해서 써보거든요. 그렇게 만든 계정을 방치해놓을 수도 있지만, 그냥 이것저것 올려보곤 해요. 얼마 전 유행처럼 퍼진 클럽하우스도 어떤 특징이 있는지 살펴보고 있고요.

일하면서 얻은 직업병 같기도 해요. 마케터로 일하면서 회사의 새로운 프로젝트를 알려야 할 때면, 어느 채널에 올릴지 목록을 만든 다음에 퍼뜨리잖아요. 그걸 하도 많이 하다 보니 제 콘텐츠도 그렇게 퍼뜨리고 있더군요.

글쓰기의 쓸모

숭은 저와 블로그 이웃이기도 하죠. 가끔 블로그 글을 읽다 보면, 낙서장처럼 편하게 쓰는 느낌을 받았어요. 플랫폼마다 취하는 태도가 다른가요?

블로그에서는 솔직하게 쓰는 편이에요. 약간 폐쇄적인 느낌이랄까요? 다른 곳과 마찬가지로 많은 사람이 보고 있을 텐데 저 혼자 쓰는 공간 같아서 편해요. 가끔 강연이나 북토크 자리에서 블로그 독자를 만나면, 그분들이 힘내라고 계란을 주고 가기도 해요. 인스타그램만 팔로우하는 분은 제가 늘 밝은 사람인 줄 알고요.

브런치는 잘 써야 한다는 마음 때문에 별생각 없이 빠르게 쓰기가 왠지 어렵더라고요. 글을 발행하면 브런치 독자에게 알림이 가니까 약간 부담스러워요. 대신 브런치에 올린 글이 쌓이면, 그걸 엮어 책으로 낼 수 있으니까 그곳에는 글을 신중히 올리고 있어요.

트위터는 안 쓰나요?

트위터도 비공개 계정으로 활동하고 있어요. BTS 팬 계정이랍니다. 그동안 트위터만의 문화를 몰라서 잘 쓰지 않고 있다가, 많은 소식이 트위터에서 시작한다는 걸 알게 된 후로 틈틈이 보고만 있어요. 유일하게 몰래 활동하는 플랫폼이죠.

그렇다고 모든 이야기를 온라인에 공개하진 않잖아요.

업에 관련된 이야기는 자주 올리지만, 너무 개인적인 이야기를 하는 편은 아니에요. 가족, 연애나 사랑, 동물에 대한 이야기 등은 연습을 안 해서 그런지 잘 써지지 않더라고요. 예전에는 제가 어디를 다니는지, 회사에 무슨 일이 있는지 같은 이야기도 그냥 다 썼어요. 그런데 이제는 더 조심스럽게 대하고 있어요. 다른 사람이나 팀원이 볼 때 부정적 영향을 받거나 오해를 살 수 있는 내용은 안 쓰게 되고요.

각각의 플랫폼을 어떻게 활용하고 있는지 궁금해요. 아까 말한 것처럼 모든 콘텐츠가 블로그라는 코어에서 시작하나요?

뭔가를 글로 써서 알려야겠다고 생각하면 늘 블로그가 핵심이고요. 글이 아닌 다른 형태의 콘텐츠, 특히 이미지가 메인이면 인스타그램에서 시작해요. 제 콘텐츠가 잘 고여 있을 수 있는 그릇이 무엇인지 고민하는 것부터 접근해요. 얼마 가지 않아 증발할 것 같은 플랫폼으로는 시작하지 않아요.

좋은 제목을 뽑는 훈련

제목이나 커버 이미지를 정하는 노하우도 있을까요?

배달의민족(이하 배민) 마케터로 6년을 일하면서 맡은 업무 중에 소셜 미디어 운영도 있었어요. 입사 초기 1~2년 동안에는 SNS 의 톤 앤 매너를 잡기 위해 팀원과 선임 마케터, 상사에게 제가 올 릴 콘텐츠를 무조건 세 가지 안으로 보여주고 확인받아야 했죠. 새로운 이벤트를 알려야 한다면 새로운 이벤트의 어떤 걸 알릴지 먼저 정한 다음 그걸로 세 가지 카피를 잡고 각 카피에 맞는 설명 을 써보도록 했어요. 이렇게 변주하는 연습은 그 감이 올 때까지 계속했어요. 커버 이미지도 마찬가지였고요. 그렇게 회사에서 연 습했던 게 큰 도움이 됐어요.

좋은 팁이네요.

카피라이터 출신의 다른 선임은 본인이 광고 회사에서 받은 훈련 을 알려주기도 했어요. 이를테면 '세모와 네모의 같은 점과 다른 점 각각 100개씩 써보기'. 그러면 사람들이 처음에는 모양이나 꼭 짓점 개수를 언급하다가 나중에는 너무 쓸 게 없어서, 새벽, 아침 같은 전혀 상관없는 것까지도 비유하게 된대요. 이렇게 시간을 들여 다양한 설명을 쓰는 연습을 하면서 점점 감을 익히죠.

고심해서 고른 제목과 이미지는 반응이 다른가요?

'이 카피로 썼을 때 반응이 좋을 것이다'라는 가설일 뿐이지 정답
은 없더라고요. 가설을 여러 번 검증하면서 조금씩 패턴을 찾는
거죠. A/B 테스트를 통해 실제로 반응이 좋은 콘텐츠의 공통점
을 거꾸로 분석하면서, 어떤 카피나 이미지의 효과가 좋은지 엿볼
수 있었어요. 흥미로운 점은 SNS에서 반응이 좋았던 카피도 앱
의 배너 카피로 쓸 때는 별 반응이 없었다는 사실이에요. 나중에
알고 보니 앱에서는 '몇천 원 할인'처럼 숫자로 적힌 실질적인 혜
택의 클릭률이 훨씬 높더군요. 그래서 앱과 SNS마다 전략을 달리
했어요.

그때그때 상황을 보면서 판단해야겠군요.

한 번은 배민에서 인스타그램과 페이스북 이벤트를 한 적이 있어
요. 치킨 후보 일곱 개 중 하나를 골라달라는 내용이었는데 참여
율이 낮았어요. 같은 이벤트를 세 후보로 좁혀 다시 진행했더니
그땐 많이 참여하더라고요. 이벤트라도 사람들이 선택해야 할 보
기가 많으면 복잡하니까 그냥 넘긴다는 걸 깨달았죠.

6년에 걸쳐 다양한 가설을 검증한 숭이라면 대중의 마음을 잘 알 것 같아요. 내가 원하는 안과 대중이 원할 것 같은 안이 다르면 어떻게 하나요?

원칙이 하나 있어요. 월급이나 원고료를 받는 등 직업적으로 해야 하거나 의뢰받은 콘텐츠는 노출이 잘 되는 방향, 사람들의 참여도가 높은 방향으로 데이터가 나올 수 있도록 해요. 배민에서 훈련한 걸 최대한 활용하죠. 대신 개인적인 콘텐츠는 제가 자유롭게 해보고 싶은 방향으로 정해요.

이번에 유튜브를 하면서도 비슷한 감정을 많이 느꼈어요. 블로그처럼 유튜브에서도 해시태그나 검색어를 잘 써서 클릭률을 높이고 싶은 마음이 생기잖아요. 그런데 유튜브는 어차피 제가 늦게 진입했으니 하고 싶은 대로 하자는 쪽으로 가이드를 잡았어요. 제목에 굳이 해시태그나 키워드를 쓰지 않아도 되고요. 스스로 바이럴의 함정에 빠지지 않으려고 노력하는 편이에요.

예전에는 검색 결과 순위나 바이럴도 신경 썼나요?

그럼요. 제가 치과에서 일할 때 병원 블로그를 운영하면서 처음으로 마케팅에 재미를 붙이게 됐어요. 검색 결과 상위에 노출되는 개념을 알았거든요. 이제는 폐지되었지만 예전엔 실검(실시간 검색어)에 터지는 맛을 느꼈죠. 어딘가에 홀린 것처럼 내용과 관련도 없는데 매일 실검을 블로그에 넣었어요. 하얀색 글씨로 넣어서 숨기거나, 사진이나 파일명까지 실검 키워드로 채우고요. 그땐 검색 결과의 노예였어요. 네이버의 통합 검색, 고객센터 글을 다 보면서 어떻게 하면 상위에 노출될 수 있을지 집착하기도 했죠.

아무도 모르는 사람이 없을 정도로

요즘은 숭의 콘텐츠를 어떻게 알려요?

잘 알려야 하는 글은 쓰기 전에 기획부터 먼저 해요. 알리는 게 목적이니까요. 사진을 고를 때도 채널마다 실제로 보이는 비율을 고려해 크기나 비율을 맞추는 편이고요. 페이스북에 사진 3장을 한꺼번에 올릴 때랑 인스타그램에 각각 올릴 때랑 보이는 화면이 다르잖아요.

전략적으로 잘 배우셨네요.

전략적인 사람 맞아요. (웃음) 끌(본명 김규림. 배달의민족에서 함께 일했다. 배민 문방구를 기획했고, 문구 관련 책을 출간하거나 전시하는 '문구인'으로 활동 중이다)이 저에게 "욕심이 진짜 많다"고 한 적도 있

글쓰기의 쓸모

으니까요. 그런데 저는 알려야 한다고 목적을 정하면, '아무도 모르는 사람이 없을 정도로 떠들어야지'라는 마음가짐이 몸에 딱 들어가는 것 같아요. 모베러웍스와 진행했던 프로젝트,《기록의 쓸모》출간, 예전에 회사에서 했던 프로젝트들, 네이버숍터뷰 등은 잘 알려야 하잖아요. 철저하게 계획을 세워도 안 알려질 수 있으니 2차, 3차까지 대안을 짜서 알려요.

포스트도 한 번 올리고 끝내는 게 아니라 반복해서 올리는군요. 빈도도 중요하죠.

제가 잘 알려야 하는 글은 노션이나 에버노트, 구글 스프레드시트 등에 목록을 따로 정리해놓기도 해요. 그 목록이 없으면 계획이 제대로 서지 않는 것 같아요. 제 눈으로 볼 수 있도록 펼친 다음 데드라인부터 역순으로 정리해서 순서대로 발행하는 편이에요. 그렇게 SNS 발행 일정을 짜서 알리고, 그래도 반응이 없으면 그 콘텐츠를 다시 가공하거나 지인에게 카톡 링크로 직접 전달하기도 하고요.

세상에 좀 알려졌다고 판단하는 기준도 궁금해지네요.

정성적 지표와 정량적 지표를 둘 다 보는데요. 사실 브랜드 캠페인은 정량적 지표로 판단하기 어려워요. '좋아요' '공유' '저장' 숫자를 알아도 이전 캠페인의 비교군이 없으면 잘한 건지, 부족한 건지 알 수 없으니까요. 제가 예전에 경험한 프로젝트 중 바이럴이 잘됐던 사례나 타 프로젝트 중 좋았던 사례의 숫자들을 봐요. 예를 들어 브랜드의 인스타그램 캠페인을 시작한다면 빙그레 계정의 평균 '좋아요' 숫자나 팔로워 숫자 등을 참고할 수 있겠죠.

정성적 지표는 주로 친구나 지인들의 반응, 인터뷰 요청, 댓글로 확인해요. 댓글이 하나도 달리지 않으면 좀 위험한 신호로 생각해요. '좋아요' 숫자는 많은데 사람들이 궁금해하지 않는다? 보통 흥미로운 프로젝트라면 친구들이 "이거 뭐 하는 거야?" "너 이거 하던데?"라고 먼저 연락이 오거든요.

언제 발행하느냐도 중요하겠어요.

정말 전략적으로 알릴 때는 플랫폼 채널별로 기간을 다르게 설정하기도 해요. 그렇다고 간격을 너무 길게 두진 않고, 하루 이틀 간격으로 배포하는 거죠. 사람들은 이미 세상의 모든 이슈에 많이 노출되어 있어요. 너무 신비주의 컨셉으로 포장해서 묻히느니, 잽을 날리는 식으로 홍보하는 게 효과적인 것 같아요.

플랫폼마다 행태가 다르다

숭의 SNS를 보면 대체로 텍스트가 길지 않은 것 같아요. 짧게 쓰는 이유가 있나요?

사람들이 특정 플랫폼을 사용할 때의 행태가 중요해 보여요. 글의 분량이나 잘 읽히는 정도를 떠나, 이걸 먼저 파악해야죠. 제게 인스타그램은 깊은 고민 없이 빠르게 이미지 위주로 훑는 플랫폼이에요. 그래서 인스타그램에서는 길게 안 써요. '더보기' 버튼이 뜨기 전에 글을 끝내자는 생각으로 첫 줄을 더 신경 쓰죠. 저만 봐도 상관없을 때는 길게 쓰기도 해요.

플랫폼의 생리를 알아야겠네요.

브런치나 페이스북은 글이 길어도 잘 읽잖아요. 그러니까 마음가짐이 다르다고 할까요? 한편 인스타그램의 라이브 방송이나 클럽하우스는 사람들이 수시로 들락날락하죠. 가볍게 들어왔다가 지루하면 바로 나가버리니까요.

사진은 어떻게 골라요?

인스타그램은 역시 첫 장이 제일 중요하죠. 개인 계정은 제 피드의 전체 맥락에 잘 어울리게끔 고르고, 영감노트 계정은 막 올려요. 대신 첫 이미지와 어울리는 중요한 메시지를 담고요. 블로그역시 전체 포스팅을 말해줄 수 있는 걸 대표 이미지로 골라요. 사진을 제일 중요하게 생각하는 플랫폼은 오히려 페이스북이에요.

페이스북은 다른가요?

페이스북은 사진에 따라 정말 클릭하는 경우가 다르거든요. 어쨌든 클릭하도록 만드는 게 목적이니까요. 링크 활용도 중요해요. 더 멀리 퍼뜨려야 할 때는 사진 대신 링크만 쓰기도 해요. 그러면 페이스북에서 그 포스트를 공유할 때 링크만 바로 공유되거든요. 링크에 함께 뜨는 이미지와 제목, 설명만으로도 충분히 얘기가 될 수 있도록 합니다.

게시물을 공유할 때의 모습까지는 신경 쓰지 않고 있었어요. 저도 시도해봐야겠네요.

중요하게 생각하는 게시물은 페이스북 디버거(페이스북에 특정 링크를 공유하면 커버 이미지나 제목 등 해당 링크 정보가 캐시에 저장된다. 링크 정보를 수정해 다시 공유할 경우, 캐시에 남아 있는 정보가 그대로 쓰이기 때문에 디버거를 사용해 기존 정보를 지우고 새로 불러와

글쓰기의 쓸모

야 한다)까지 활용해요. 해당 링크의 커버 이미지와 설명이 잘 나오는지 살펴보고, 설명이 이상하게 뜨면 아예 공유하지 않아요. 이런 팁도 있어요. 페이스북 게시물에는 평소처럼 제가 하려는 말이나 사진, 링크를 올리고, 공유하려는 링크를 댓글에도 달아요. 댓글이 하나라도 있으면 그게 궁금해서 눌러보는 경우도 많거든요. 중요한 링크라면 댓글로 한 번 더 알리는 거죠.

2020년 12월부터 '이승희의 영감노트'라는 이름으로 시작한 유튜브도 뭔가를 알리는 게 목적인가요?

말로 표현하면 의도를 설명하기 더 쉽잖아요. 유튜브가 그런 것 같아요. 제가 설명하고 싶은 걸 빠르게 보여줄 수 있는 도구이면서, 마케터로서 영상을 기획해볼 수 있는 재미가 있어요. 영상 기획을 통해 제 역량이 글과 사진으로만 치우친 걸 균형 잡을 수도 있고요.

참고로 유튜브 채널은 편집자가 따로 있어요. 지난 1년간 영상으로 이것저것 시도해보다가 제가 영상까지 커버할 수 없다는 걸 확실하게 깨달았거든요. 사진과 글로 전달할 수 없는 걸 영상으로 보여줄 때는 이 편집자와 함께하고 있어요.

유튜브는 어떤 식으로 접근하나요?

영상은 처음부터 기획이 정말 중요한 것 같아요. 다른 채널은 글부터 먼저 쓰고 그걸 다듬은 다음 제목과 커버 이미지를 정하잖아요. 커버 이미지가 없으면 발행할 때 본문 이미지 중 하나를 그냥 선택하기도 하고요. 저도 그런 순서에 익숙했는데, 영상은 뭘찍어야 할지 기획하지 않으면 그 콘텐츠가 중구난방으로 흐르기쉬워요. 이 영상이 몇 분 짜리가 될지, '이 장면에서 이렇게 찍어야겠다' 등이 잡혀야 다음 단계로 넘어가게 돼요.

방송 기자에게 '본인이 원하는 코멘트나 장면이 바로 나오지 않으면 인내심이 떨어지거나 딴생각하는 경우도 있다'고 들은 기억이 있어요. 이들처럼 전문적으로 취재할 필요는 없겠지만, 숭도 의도한 대사나 장면이나오지 않으면 스트레스받나요?

유튜브의 경우 기획 의도가 있긴 하지만 기본적으로는 다 열어두고 접근해요. 제가 원하는 장면이 나오면 고맙게 쓰고, 그렇지 않으면 버리기도 하죠. 저는 사소한 것에서도 영감을 많이 받는 편이라 감동을 느끼는 기준선이 낮은 편이에요. 그럼에도 아무런 영감이 없으면 과감히 포기하죠.

글쓰기의 쓸모

따로 편집도 하지 않고요?

영상을 편집하는 친구와 이런 이야기를 한 적이 있어요. 우리가 올리는 영상이 기술적으로나 미적으로 조금 엉성해도, 러프한 버전으로라도 계속 시도하면서 업로드하자고요. 우리가 연예인도 아니고 유튜브로 돈을 벌려고 하는 것도 아니니까요. 단, 해당 신이 너무 재미없거나 메시지도 없으면 버리자는 기준은 있어요. 최소한 둘이서 납득이 될 수준은 되어야 하니까요.

마케터, 영감, 변주

본인의 핵심 키워드로 생각하는 게 있을까요? 검색 앤진 최적화 측면에서 하나 갖고 싶은 단어가 있다면요.

마케터? 저는 마케터라는 직업이 매우 좋고 재밌거든요. 직업인으로서 이 키워드를 가져갈 수 있다면 무척 자랑스러울 것 같아요. 사실 병원에서 일할 때부터 마케터라는 말을 듣고 싶었는데, 아무도 저를 그렇게 불러주지 않았어요. "병원에서 혼자 블로그하는 게 마케터야?"라는 물음이 돌아오기도 했죠. 그러다가 어느 순간 마케터라 불릴 때가 있었는데 정말 기분 좋았어요. 이제는 마케터라는 직업인으로서 당당히 살고 싶어요.

'마케터'로 인정합니다. 영감노트 계정을 운영 중이니 '영감'도 하나 가져 갈 수 있겠네요. 숭을 움직이게 하는 모든 배경에는 영감이 있는 거 같거 든요. 또 다른 키워드도 있을까요?

'변주'란 주제에 관심이 많아요. 요즘의 저를 표현할 수 있는 단어 는 변주예요. 제가 스스로 변하지 않는다는 걸 많이 느꼈거든요. 스스로 백수가 된 시기를 빼면 살면서 변화를 택한 적이 많이 없 더라고요. 대신 외부의 흥미로운 제안에 잘 응하는 편이에요. 이 번 인터뷰 요청도 그렇고요. 제가 먼저 하자고 제안하는 쪽은 아 니지만, 어떤 계기로든 그걸 시작했을 때는 제 자원으로 변주시키 는 사람이라고 생각해요. 플랫폼에 퍼트리는 역할도 맡고 있고요.

변주가 가능하려면 오리지널리티를 잘 파악해야겠어요. 클래식에도 '변 주곡'이란 단어가 종종 쓰이는데요. 골드 베르크 변주곡처럼 원형을 어 떻게 재해석하고 변주하느냐에 따라 느낌이 완전히 달라지니까요.

주변에 좋은 사람이나 콘텐츠를 많이 두는 게 점점 더 중요해질 거예요. 그래야 스스로 변주를 잘 할 수 있는 원동력이 생겨요.

변주를 통해 궁극적으로 어떤 사람이 되고 싶어요?

이번에는 '굳이'란 말이 떠오르는데요. 제게도 뭔가를 말할 수 있는 힘, 영향력이 조금은 생긴 것 같아요. 이 영향력을 굳이 해야 되는 일에 쓰고 싶어요. 저의 어떤 말로 인해 한 명이라도 영향을 받을 수 있다면요. 상투적인 표현을 안 쓰려고 노력하고 새로운 걸 습득하기 위한 공부도 많이 하고 있어요.

제가 받은 영감, 좋아하는 것은 제 선에서 그냥 소화되고 끝날 수도 있지만, 그걸 알리면 누군가 우연히 알게 되고, 좋은 영향을 받을 수도 있어요. 굳이 해야 되는 기록을 하고 싶어요. 그 주제는 환경 이슈가 될 수도 있고, 새롭게 일하는 방식이 될 수도 있겠죠. 말하고 실천하다 보면 실제로 바뀌기도 하니까요. 그런 기록자가 되고 싶어요.

정리해보면 숭이 마케터로서 받은 영감을 변주하여 굳이 해야 되는 일에 활용하는 느낌이군요. 하는 일의 본질은 같은데 활동 범위가 바뀌고 있다고 봐도 될까요?

맞아요. 하나 더 추가하자면, 마케터 혼자 말할 때와 브랜드에서 함께 말할 때의 힘은 달라요. 같이 말할 때의 힘이 훨씬 크죠. 뭔가 바꿀 수 있다면 그 힘을 실을 수 있는 곳에 가고 싶어요. 포스트윅스(일의 새로운 형태를 고민하는 마케터들의 협동조합. 2021년 1월에 결성되었으며, 각자의 분야에서 마케팅과 연결되는 다양한 일을 함께 진행하며 의미 있는 일과 정보 공유를 지향한다)에 참여한 것도 같은 맥락이에요. 마케팅은 각 분야의 전문가들과 연대하면 훨씬 효과적이거든요. 서로 부족한 부분을 도울 수 있기도 하고요. 마침 《도쿄R부동산 이렇게 일 합니다》를 읽고서 새로 일하는 방식을 만들 수 있지 않을까 싶어서 정혜윤, 손하빈 마케터를 주축으로 총 9명의 사람들이 모였어요.

'숭'이라는 퍼스널 브랜드는 어떻게 시작됐나

숭이 지금과 같은 영향력을 갖게 된 시점을 언제로 기억해요? 이제는 아이디와 상관없이 '숭'이란 단어 하나로 확실하게 인지되잖아요.

두 가지 계기가 있는데요. 하나는 프로필 사진을 '숭'으로 설정했을 때예요.

이전 프로필 사진은 뭐였나요?

주로 제 사진이나 셀카였죠. 프로필을 자주 바꾸는 편이었어요.

한 번은 배민에서 '주아체'라는 새로운 글꼴을 배포하면서 제 개인 계정 프로필도 주아체로 된 '숭'으로 바꿔봤어요. 마침 제가 SNS 담당자이니 폰트가 잘 보이는지 확인할 겸. 퇴근하고 제 계정을 보니 그새 '숭'을 엄청 좋아하는 댓글들이 달렸어요.

정말 신기하군요.

원래 프로필을 자주 바꾸는 사람이었던 저를 그걸로 한 번에 인식하더라고요. 처음에는 단순히 테스트 용도였으니 원래 사진으로 바꿨는데도 다시 '숭'으로 바꿔달라는 요청이 들어왔어요. 마침 그즈음 제가 좋아하는 영화감독 계정에 '팬이에요'라고 댓글을 달았는데, 그분께서 다른 댓글은 안 달고 제 댓글에만 '숭 님은 프로필 사진을 봐서 기억해요'라고 하는 순간, 프로필의 중요성을 느꼈어요.

두 번째 계기도 궁금해요.

퍼블리에서 〈브랜드 마케터들의 이야기〉 프로젝트를 진행할 때예요. 그때 팔로워 숫자가 확 늘었어요. 마침 배민이 한창 성장하면서 회사에 대한 관심도 높아지던 시점이었거든요. 같은 이름의 종이책까지 나왔으니 꽤 화제가 되었죠. '배민 마케터'로서 알려지는 순간으로 기억해요.

모두가 회사나 조직의 브랜드를 지렛대로 삼을 수 있는 건 아닐 텐데요. 현재 유명하지 않은 사람들은 글쓰기를 통해 어떻게 자신의 브랜드를 알릴 수 있을까요? 누군가 발견해줄 때까지 꾸준히 하는 게 답일까요?

거꾸로 생각해보면, 배민 때 함께 일한 지현 님이 회사와 조직의 브랜드와 상관없이 본인이 잘할 수 있는 글쓰기를 통해 스스로를 알린 사례라고 생각해요. 배민 마케터 이전에 '카드뉴스 만드는 녀자'로 더 알려져 있었거든요. 본인이 잘할 수 있고, 잘하고 싶은 영역을 다른 방식으로 펼치면 퍼스널 브랜딩이 되는 것 같아요.

컨셉도 중요하겠네요.

사람들이 좋아하는 키워드, 관심 있는 분야로 가야 더 알리기 쉬운 것 같아요. 아무도 관심 갖지 않는 키워드나 분야로 가면 쉽지 않겠죠. 우리 주변이나 산업을 보면 자주 언급되는 단어들이 있어요. 그로스 마케팅이나 주식 등도 좋은 사례예요. 주식이나 돈 이야기는 내 소속이나 회사 이름에 상관없이 그 이야기를 어떻게 전하느냐에 따라 달라지잖아요. 《살면서 한 번은 짠테크》의 김짠부 저자도 커리어와 상관없이 자신이 가계부를 어떻게 쓰느냐로 돈

얘기를 쉽게 풀잖아요. 그렇게 컨셉부터 잡아보면 어떨까요?

그런 키워드도 SNS나 구글, 네이버 등의 트렌드에서 확인하나요?

네. 그리고 저는 서점에서도 자주 발견해요. 서점에 가면 그걸 물성이 있는 책으로 볼 수 있거든요. 각 분야별로 사람들이 관심 갖는 주제를 파악할 수 있어요. 베스트셀러 매대도 꼭 확인하고요. 내 글을 쓰는 것도 중요하지만 내가 그 글을 어떤 트렌드, 상황속에서 쓰느냐를 파악하는 것도 중요하니까요.

숭의 SNS 브랜딩은 동료와의 연대로 더욱 빛나는 걸로 보여요. 함께 알려야 할 것도 점점 많아질 테고요. SNS에서 서로에게 감사를 표하는 행위shout-out를 부담스럽지 않게 잘하는 비결이 있을까요?

이런 행위는 래퍼나 러닝 크루들에게 많이 배우는 편이에요. 특히 음악이나 스포츠 영역에서 서로 연대하며 감사를 종종 표하는데요. 기본적으로 서로 존중하는 마음이 있으면 자연스럽게 나오는 것 같아요. 그 말은 '이 모든 결과는 나 혼자만으로는 불가능했다'라는 뜻이잖아요. 그 마음이 깔려 있으면 서로의 크레딧을 밝히는 게 당연한 거죠. 영화의 엔딩 크레딧도 보면 함께 만든 사람들이 어마어마하게 많듯이요. '나는 이걸 했고, 내 동료는 저

걸 했고, 우리 다 같이 해서 더욱 잘했다'로 표현하면 부담스럽지 않게 감사를 표현할 수 있어요.

1996년 빌 게이츠는 일찍이 콘텐츠의 중요성을 강조했다. 인터넷은 둘째치고 가정용 PC가 이제 막 보급되던 때였다. 그는 마이크로소프트 웹사이트에 쓴 에세이 '콘텐츠가 왕이다Content is King'를 통해 콘텐츠를 본 만큼 값을 지불하는 시스템을 예견했고, 앞으로의 인터넷은 '아이디어, 경험, 제품', 즉 콘텐츠의 마켓으로서 더욱 번창할 것이라고 썼다. 25년이 지난 현재 시점에서 보면 그의 예언은 놀라울 정도로 정확하다.

다만 구체적인 모습은 조금 달라졌다. 구독 경제가 발전하면서 콘텐츠뿐 아니라 마켓(플랫폼)의 힘도 그만큼 커졌기 때문이다. 2017년 영국의 독립 애널리스트 베네딕트 에반스는 '콘텐츠는 왕이 아니다Content isn't king'라는 글에서 '이 시장은 양측에 플레이어가 너무 많아 누구라도 우위를 점할 수 없는 다면 시장'이라고 적었다. 콘텐츠와 플랫폼, 플랫폼과 플랫폼 사이의 전쟁은 한동안 지속될 걸로 보인다.

콘텐츠 제작과 플랫폼 운영을 모두 경험한 사람으로서 언젠가 한 가지 깨달음을 얻었다. 제대로 된 콘텐츠를 지속적으로 만드는 사람이라면 전쟁통에도 살아남을 길이 있다는 사실이다. 숭의 행보가 이를 증명한다. 그와의 만남은 2017년으로 거슬러 올라간다. 성수동에서 열린 작은 컨퍼런스 무대에 숭은 연사로, 나는 모더레이터로 함께 올랐다. 공식 일정을 마친 뒤 다른 프로젝트를 위해 그를 다시 섭외했는데, 그 프로젝트가 〈브랜드 마케터들의 이야기〉다. 그 후 숭은 작은 기업 수준의 성장 곡선을 그리며, 지금도 변주를 지속하고 있다.

플랫폼, 즉 그릇은 계속 바뀔 수 있다. 시대의 유행도 탄다. 숭이 연재했던 일간지의 칼럼도 신문으로 직접 보는 숫자보다 온라인으로 보는 숫자가 훨씬 클 것이다. 그러니 개인이나 브랜드 입장에서는 오래도록 살아남을 수 있는 콘텐츠를 만드는 데 집중하는 게 낫다. 좋은 콘텐츠는 그릇을 가리지 않는다.

PART 4

인생은 기니까,
글도 긴 글쓰기

긴 글을 쓴 사람은
더 오래 기억에 남는다

—

건축은 사람이 사는 환경을 다루는 학문이니 기본적으로 사람에 대해 잘 알아야 한다는 선배의 말을 기억한다. … 나에겐 건축이란 모든 사람과 사물을 둘러싼 공기 같은 거다. 단, 다양한 형태로 존재하는, 눈에 보이는 공기다. 스위스의 유명한 건축가 페테르 춤토르는 이걸 '고유한 분위기atmosphere'라고 표현했다._" interview 1", 매거진 〈손현〉

긴 글은 짧은 글보다 쓰기 쉽다

잡지 양쪽 페이지를 활자로 채우는 데 충분한 분량, 3000자 이상의 긴 글. 돌이켜보면 글을 쓰면서 느낀 기쁨은 대부분 긴 글에서 왔다. 이만큼을 써냈다는 데에 기뻤고, 사람들이 그 글을 좋아해주면 또 기뻤다. 긴 글만이 줄 수 있는 기쁨, 효과는 분명하다.

첫째, 잘 짜인 긴 글은 그 자체로 생명력이 길고 임팩트도 크다. 모든 게 빠르게 흐르고 독자의 집중력을 단발적으로 흐트러뜨리는 요즘 시대에 깊이 있는 사고를 돕는다. 긴 글은 물성이 있는 종이나 전자책 또는 어떤 방해도 없는 단일 스크린으로 볼 때 읽기 더 좋다.

둘째, 글쓴이를 기억하게 되는 효과가 있다. 글을 읽다 보면 '대체 이런 글을 쓴 사람은 누구지?'라는 호기심이 생기고, 사악한 분량에도 불구하고 내용이 좋다면 저자에 대한 신뢰로 이어진다. 개인적으로는 2015년 웹에서 우연히 접한, 기술적 특이점technological singularity에 관한 글 한 편을 지금도 기억한다. 당시 '인공지능 혁명'이란 제목으로 2회차에 걸쳐 발행된 글은 내용의 맞고 틀림을 떠나 단행본 한 권에 가까운 분량(2만 3000단어, A4로 약 50페이지)만으로 나를 압도했고, 그럼에도 술술 읽혀서 다시 한번 놀랐다. 그 글을 발행한 '웨이트 벗 와이'란 블로그는 현재 전 세계적으로 유명한 과학 블로그가 됐다. 이 블로그는 팀 어번과 앤드류 핀이 설립한 웹사이트로 인공지능, 우주, 미루기 등 과학과 연관된 광범위한 주제를 긴 글 형태로 다룬다. 이 블로그를 눈여겨보던 일론 머스크는 2015년 6월, 어번에게 자신의 회사(테슬라, 스페이스X)와 주변 산업에 대해 쓸 의향이 있는지 물었고, 이를 계기로 총 4회차의 글이 실리기도 했다. 이 외에도 '벤처 허생전'을 쓴 윤필구, 기술과 미디어에 관한 독보적인 통찰을 정갈한 에세이로 풀어내는 애널리스트 베네딕트 에반스는 긴 글쓰기의 효용을 보여주는 좋은 사례다.

셋째, 모바일 환경에서도 긴 글은 짧은 글보다 독자의 반응을 더 많이 이끌어낸다. 이 효과는 데이터로 엿볼 수 있다. 미국의 여론조사기관 퓨리서치센터가 2016년 5월에 발표한 연구 결과에 따르면 모바일에서 긴 글의 뉴스 콘텐츠를 보는 시간은 평균 123초, 짧은 분량의 기사를 보는 시간은 57초로 긴 글이 짧은 글보다 약 2배 높았다. 기사 분량이 길다고 바로 이탈하는 대신 오히려 더 오래 체류해 읽고 있음을 엿볼 수 있다. 또한 사람들이 짧은 분량의 뉴스를 선호할 것이라는 예상과 달리, 긴 글과 짧은 글의 방문자 숫자는 각각 1530명, 1576명으로 엇비슷했다. 비즈니스 미디어 쿼

글쓰기의 쓸모

츠는 일반적인 뉴스 분량에 적합한 500~800단어 범위의 기사는 피하고 있다. 도달률이 낮기 때문이다. 애매한 분량의 기사를 내느니, 짧거나 긴 분량의 기사로 승부를 보겠다는 전략이다.

마지막으로, 긴 글은 짧은 글보다 쓰기 쉽다. 사람들은 이 둘을 바꿔 생각하지만 현실은 그렇지 않다. 짧은 글은 훨씬 압축적이면서 명료한 메시지를 담아야 한다. 내가 관찰한 잡지 에디터들도 전체 원고를 완성하고 난 뒤 해당 기사의 도입부로 들어갈 두세 줄의 짧은 문장을 완성한다는 사실을 살펴보면 이해가 쉽다.

긴 글쓰기는 내 공장을 짓는 일이다

글 짓기와 공장 짓기에는 중요한 공통점이 있다. 둘 다 '짓기'라는 동사를 사용한다. 이 단어에는 두 가지 의미가 들어 있다. 재료를 고르는 행위와 그 재료를 구조적으로 쌓는 행위다. 공장을 짓든 글을 짓든, 재료와 구조를 파악하면 쉽게 다가갈 수 있다.

공장 짓는 과정을 예로 들어보자. 먼저 공장이 들어설 땅을 튼튼히 다져야 한다. 기초를 다지기 위해 직경 몇 미터의 말뚝을 땅에 박을지, 몇 개를 박을지 판단해야 한다. 그 후 공장의 목적, 제품 생산에 필요한 기계 설비에 따라 대략적인 규모와 구조를 정한다. 철골 구조물의 경우, 기둥이나 보 등 주요 구조재는 어떤 규격으로 사용할지, 별도의 지붕이나 벽이 필요한지 등도 고려해야 한다.

이 모든 과정, 즉 공장의 재료와 구조를 결정하는 일에는 옵션이 많지 않다. 무한대의 선택지가 있을 것 같지만, 이미 수십 년에 걸쳐 검증된 매뉴얼과 반드시 따라야 하는 안전 규정이 있다. 화려하고 기발한 디자인의 랜드마크 건축물과 달리 공장을 지을 때는 안전성과 경제성이 가장 중요하기 때문이다. 게다가 요즘은 사람이 3~4일에 걸쳐 하던 구조 계산을 컴퓨터가 10분 만에 마쳐 적합한 재료들을 알아서 추천해주기도 한다. 해당 재료의 단가가 얼마인지 따져 구매팀을 통해 주문을 넣으면 되는 셈이다.

긴 글쓰기도 공장 짓는 과정과 비슷하다. 얼핏 무한해 보이는 창작 과정이지만 재료와 구조의 조합에 제한이 있다. 글을 구성하는 재료, 즉 글감은 기본적으로 내가 경험하거나 습득한 모든 지식의 총합, 세계관을 벗어나기 어렵고, 그걸 구조화하는 방법도 한정적이다. 기승전결, 비유, 대화, 갈등 구조, 폭로 등 대부분의 방식은 이미 고대부터 쌓여온 수많은 이야기, 신화에서 뿌리를 찾을 수 있다.

두서없어 보이는 글쓰기 과정에도 나름의 법칙이 있다. 컴퓨터가 엔지니어링 영역에서 구조 계산을 하듯, 글쓰기 영역에서도 형태소와 구문 등의 패턴을 분석할 수 있다. 자연어 처리, 자연어 이해 및 자연어 생성 등에 기반한 챗봇 서비스가 일찍이 금융과 서비스 산업에 적용되고 있는 게 그 증거다. 심지어 샌프란시스코에 기반을 둔 인공지능 연구소 오픈에이아이가 2020년 6월에 공개한 3세대 GPTGenerative Pre-trained Transformer 3는 일반 성인과 비슷한 수준으로 500자 분량의 글을 만들어내고 있다. 핵심어 몇 개만 입력하면 알아서 문장이나 컴퓨터 코드를 만든다. 〈뉴욕타임스〉 기사에 따르면 산문뿐 아니라 시, 대화, 밈까지도 가능하다고 한다.

튼튼한 기둥을 적재적소에 배치하는 것만으로도 공장의 큰 뼈대는 완성이다. 기둥이 불필요하게 많으면 이를 '과잉 설계'라고 한다. 예산이 초과될뿐더러 없어도 되는 기둥 때문에 공간 사용에 차질이 생기면 공장이 제기능을 못한다. 글도 명료한 메시지가 꼭 필요한 기둥 역할을 한다. 이 기둥은 그대로 목차가 된다. 상충하는 메시지가 들어가면 글 자체의 목적이 희미해진다. 한 단락에는 하나의 메시지만, 한 글에는 하나의 주제만 담는 것이 좋다. 글의 뼈대가 덜 완성되었는데 특정 부분의 묘사나 디테일에 집착

하면 글을 완성하기 더 어렵다. 그 기둥을 흰색 페인트로 칠할지, 빨간색 페인트로 칠할지는 나중 문제다.

완성도 높은 한 편의 긴 글은 내가 직접 만들고 가꾼 탄탄한 공장이다. 가장 나다운 것들로 채워져 있고, 나답게 쉴 수 있고, 즐거울 수 있고, 또 다시 새로운 것을 생산해낼 수 있는 그런 공장이다. 이 공장에 때론 손님이 찾아온다. 손님이 흥미를 느끼고 공장 안으로 들어왔다면 친절히 안내하자. 공장을 둘러보고 간 손님은 당신을, 당신이란 브랜드를 기억할 것이다.

최근 읽은 글 중 가장 길고, 인상 깊었던 글 하나를 정해 구조를 파악해보세요.

그 글의 주요 재료는 무엇인가요?

그 글을 끝까지 읽었다면, 그 이유는 무엇인가요?

길을 잃었을 때
이정표에서
다시 시작하면 된다

—

긴 글을 쓰는 건 어렵다. 미리 얼개를 짜놓고 쓰다가도 자꾸 옆길로 새곤 한다. 길을 잃지 않기 위해, 돌이킬 수 없는 지점까지 가기 전에 돌아올 이정표를 만들어놓는다.

처음이 있어야 다음이 있으니까, 도입부

도입부, 그중에서도 첫 문장이 중요하다. 어떻게든 읽혀야 그다음으로 넘어가기 때문이다. 세 가지만 피해도 좋겠다.

첫째, 모두가 알고 있는 사실은 피하자. 대표적인 예로 '코로나 19로 어려운 요즘입니다' 'ㅇㅇㅇ로 힘든 시대입니다' 등이 있다. 우리의 삶은 늘 고통이다. 불교에서도 '생은 고苦'라고 하지 않나. 살면서 어렵고 힘들지 않은 시대는 없었다. 비행기에서 세상을 내려다본 것처럼 쓰지 말고, 눈 앞에서 생생하게 펼쳐지는 어떤 장면을 써보자. 만약 비행기 안에 있는 상황이라면 스크린에 어떤 영화가 재생 중인지, 내가 선택한 기내식 메뉴는 뭔지, 옆 자리에는 어떤 사람이 앉았는지 등 가능하다면 구체적이고 생생하게.

둘째, 첫 문장부터 길게 쓰지 말자. 첫 문장부터 길면 이탈할 확률이 높다. '나라말이 중국과 달라 한문·한자와 서로 통하지 아니하여 이런 까닭으로 어리석은 백성들이 말하고자 하는 바가 있어도 끝내 제 뜻을 펴지 못하는 사람이 많다. 내가 이를 불쌍히 여겨 새로 스물여덟 글자를 만드니 사람마다 하여금 쉽게 익혀 날마다 쏨에 편하게 하고자 할 따름이다.' 훈민정음의 첫 문장은 예외다. 기왕이면 짧게 쓰자.

셋째, '나는'으로 시작하는 문장은 피하자. 내가 정말 매력적인 사람이거나 카리스마를 갈고닦은 유명인이 아닌 이상, 타인은 본질적으로 내게 관심이 없다. 긴 글 속에 '나'를 언급할 기회는 꼭 첫 문장이 아니어도 많다. 보다 매력적인 어떤 장면, 차라리 내가 처한 상황으로 이야기를 바로 시작해보자.

매력적인 도입부에 관한 구체적인 힌트는 소설에 있다. 직업적으로 소설가보다 첫 문장을 많이 고민하는 사람은 별로 없을 것이다. 주변 책장에 있는 소설을 보면서 첫 문장을 살펴보는 것도 좋다. 현재 내 서가에 있는 책 중 인상 깊게 본 첫 문장 몇 개를 옮긴다. 소설이 아닌 책도 골랐다. 옮긴이의 말은 서두에 있더라도 제외했다.

소설
손가락이 사라지는 아이를 좋아해본 적 있니?_정세랑, 〈미싱 핑거와 점핑 걸의 대모험〉,《목소리를 드릴게요》, 아작
진행자: 심시선씨, 유일하게 제사 문화에 강경한 반대 발언을 하고 계신데요. 본인 사후에도 그럼 제사를 거부하실 건가요?_정세랑,《시선으로부터,》, 문학동네
벽천경찰서 강력2팀 소속 최 형사는 자신의 책상 앞 철제 의자에

앉은 남자를 찬찬히 위아래로 훑어보았다._이기호, 《웬만해선 아무렇지 않다》, 마음산책

네 아버지가 지금 내게 어떤 질문을 하려고 해._테드 창, 〈네 인생의 이야기〉, 《당신 인생의 이야기》, 엘리

"합시다. 스크럼."_장류진, 단편소설 〈일의 기쁨과 슬픔〉, 창비

Tyler gets me a job as a waiter, after that Tyler's pushing a gun in my mouth and saying, the first step to eternal life is you have to die._Chuck Palahniuk, 《Fight Club》, Owl Books

For one whole year he did nothing but drive, traveling back and forth across America as he waited for the money to run out._Paul Auster, 《The Music of Chance》, Penguin Books

에세이

할머니는 해녀였다._고수리, 《고등어: 엄마를 생각하면 마음이 바다처럼 짰다》, 세미콜론

지금 저는 서울시청 건너편, 투썸플레이스에 앉아 있습니다._권석천, 《사람에 대한 예의》, 어크로스

이민 바람이 유행처럼 불던 2000년대 초, 30대 중반이었던 남편과 나는 어린 딸들의 손을 잡고 캐나다로 이민했습니다._장혜진,

《이민 가면 행복하냐고 묻는 당신에게》, 레퍼런스 바이 비

작은 재주로 시작한 일이었습니다. _유병재, 삼행시집《말장난》,

아르테

논픽션

벌써 여러 시간째 두 사람은 집 뒤 베란다에 앉아 이야기를 나누

고 있었다. _브라이언 버로, 존 헬리어, 《문 앞의 야만인들》, 부키

우리의 상상 속에는 과거의 유령들이 살고 있다. _시어도어 젤딘,

《인간의 내밀한 역사》, 어크로스

얼마 전까지만 해도 가장 유명한 기업들을 정의하는 일은 어렵지

않았다. _프랭클린 포어, 《생각을 빼앗긴 세계》, 반비

이왕 온 김에 끝까지 읽게 하는 힘, 내러티브

도입부를 해결했다면 큰 고비는 넘겼다. 하려는 말은 머릿속에서
여러 개의 풍선처럼 둥둥 떠다니는데, 그 풍선을 끌어당길 실 역
할을 하는 것이 도입부이기 때문이다. 이제 각각의 풍선에 번호를
붙여보자. 풍선에 바람을 과하게 넣으면 터져버린다. 한 번 더 강

조하자면, 한 단락에는 하나의 메시지만, 한 글에는 하나의 주제만 담는 것이 좋다. 메시지가 뒤죽박죽 섞이는 건 슬픈 일이다. 글의 주제에 맞지 않는 내용은 아쉽더라도 과감히 버리거나 다음 기회에 쓰자.

번호를 붙이며 글을 쓰는 건 긴 글쓰기의 핵심인 내러티브를 살피는 일이다. 여기서 내러티브라는 말도 자세히 들여다볼 필요가 있다. 내러티브는 서사敍事, 이야기로 번역된다. '자세히 말하다' '(경험한 것에 대해) 이야기하다'를 뜻하는 라틴어 동사 narrare가 어원이며 '알고 있는' '숙련된'을 뜻하는 형용사 gnarus와 관련이 있다. 흔히 이야기story를 내러티브와 같은 뜻으로 사용하지만, 스토리는 내러티브에서 일련의 사건을 언급할 때 사용한다. 내러티브 없이 나열된 스토리나 사실, 정보의 집합은 회전초밥집과 같다. 너무 나열식이면 원하는 정보를 찾지 못할 수도 있다. 뭐부터 먹어야 할지, 자신이 원하는 게 뭔지, 이 집이 뭘 잘하는지 모르는 상황에 처할 수도 있다. 긴 글은 자신의 이름을 내건 초밥집의 오마카세에 가깝다. 손님이 요리사에게 메뉴 선택을 온전히 맡긴 이상, 요리사는 손님이 처음부터 끝까지 자신이 만든 음식의 모든 과정을 음미할 수 있도록 해야 한다.

내러티브가 잘 짜인 긴 글을 쓰는 건 한 편의 좋은 발표와도 같다. 테드 강연 연사로 초대받았다고 상상해보자. 주어진 시간은 최대 20분. 수백 명의 청중이 지켜보는 현장에서 사용할 수 있는 유일한 도구는 슬라이드다. 한 장의 슬라이드에 담을 수 있는 메시지는 하나다. 슬라이드에 뭔가를 빼곡히 적어봤자 청중은 그걸 읽을 시간이 없다. 사진이나 차트와 더불어 굵직한 헤드라인 정도면 충분하다. 나머지는 이야기로 풀어야 한다. 강연 역시 내러티브가 생명이다. 구체적인 사례나 재미난 일화가 있다면 발표가 더 풍성해진다. 그런 20분은 청중이 길다고 느끼지 않는다. 뻔한 내용이거나 무슨 말인지 도통 알 수 없다면 그 자리에 끝까지 남아 있을 사람은 없다.

강연 그대로 글로 옮기면 짜임새 있는 긴 글이 되는 두 가지 사례를 소개한다. 지금은 모두가 당연시하는 '인터넷'을 소재로 한 제프 베이조스와 베네딕트 에반스의 발표다. 세계 최대 테크 기업 아마존을 창업한 제프 베이조스는 2003년 테드 강연을 통해 초기 웹을 골드러시와 전기 산업에 비유한 적이 있다. 그가 아마존을 창업한 때가 1995년이니, 회사가 10년도 되지 않았을 무렵이다. 폭발적으로 성장할 웹의 가능성을 일찍이 간파한 그가 16분 동안 들려준 이야기는 여전히 흥미롭다. 당시 강연을 그대로 녹취한 글의 분량은 한글 기준으로 대략 9300자, 원문으로는 2948

단어다. 메시지가 분명한 테드 강연도 그 자체로 훌륭한 긴 글이 된다. 이 강연은 유튜브에서 'Jeff Bezos: The electricity metaphor'를 검색하면 볼 수 있다.

베네딕트 에반스의 발표는 제프 베이조스보다 훨씬 유려하고 깔끔하다. 그는 2018년 실리콘밸리 VC 앤드리슨 호로위츠의 컨퍼런스에서 10년 뒤 미래를 전망했다. 인터넷과 스마트폰(모바일 인터넷) 관련 인프라가 거의 다 완성되었음을 언급하며, 그는 우리가 "새로운 시작의 끝the end of the beginning"(인상적인 이 구절을 검색하면 영상을 볼 수 있다)에 있다고 말했다.

트위터에서 타래를 활용해 긴 글을 쓰는 방법도 있다. 한중일 언어권의 경우, 한 번에 트윗할 수 있는 글자 수 제한은 140자다. 이 수를 꽉 채워 20개만 연달아 올려보자. 그 두루마리를 펼치면 어느새 긴 글이 된다. 내가 관찰한 사례로는 〈바람과 함께 사라지다〉에 관해 쓴 타래'(어마어마한 분량의 타래는 결국 종이책으로도 나왔다)나 '개인적인 로맨스를 흡입력 있게 풀어낸 타래' 등이 있다. 영미권 트윗에서도 타래를 종종 볼 수 있다. 주로 리스트 형태를 띤 글이 많은데, 엔젤 투자자 나발 라비칸트의 '(행운 없이) 부자가 되는 법', 기업가 그렉 아이젠버그가 '억만장자 다섯 명을 인터뷰한 타래', 앤드리슨 호로위츠의 투자 파트너 코니 챈이 '아마존의 다음 경쟁자로 소셜, 비디오 앱을 언급한 타래' 등이 대표적 사례다. 이처럼 한글이든 영어든 독창적 내용이 담긴 타래는 더욱 많은 사람에게 퍼지고 있다.

매거진 〈B〉 '룰루레몬' 이슈의 브랜드 스토리는 앞선 예보다 좀 더 정직하게 번호를 붙여 얼개를 짠 케이스다. 내가 써야 하는 원고 분량은 8000자에서 1만 자 사이였다. 룰루레몬을 다룬 외부 기사와 우리가 본사에서 취재해온 내용을 모두 수집한 뒤, 크게 다섯 파트로 나눴다. 도입부인 첫 파트는 1000자, 나머지 파트는 2000자 정도로 계획했다.

룰루레몬 브랜드 스토리 얼개

1. 오프닝 : 건강한 삶에 대한 열풍. 요가, 마음 챙김 열풍. 룰루레몬 20주년 기념 행사 스케치, 캘리포니아의 위즈덤 2.0 컨퍼런스.

2. 창립부터 기업 공개까지 : 룰루레몬은 1998년, 캐나다 출신의 사업가 데니스 칩 윌슨의 아이디어로 시작. 브랜드 네이밍, 요가 스튜디오 풍경, IPO 일화.

3. 성장과 위기 : 제품 성공 요인, CEO 교체, 유통망 문제로 촉발된 위기, 룰루레몬의 강력한 목표 지향적 문화와 그로 인한 부작용.

4. 현재와 미래 : 기업 공개 때 룰루레몬 한 주당 가격은 18달러,

2019년 3월 말 기준으로는 140달러를 상회한다. 룰루레몬의 향후 비즈니스 전망.

5. 클로징 : 새로운 럭셔리. 브랜드 서사를 만드는 일은 중요하다. 요즘 시대에 하나의 제품만으로는 성공할 수 없기 때문이다. 서사로부터 더 큰 기회를 만들 수 있다. 요가와 요가의 원칙은 여전히 룰루레몬의 핵심 서사다.

이렇게 각각의 파트에 살을 덧붙여 초안을 완성했고, 편집장의 피드백을 거쳐 보완했다. 결과적으로는 소제목을 다듬었고, 4번과 5번 파트를 하나로 합쳐 분량을 일부 덜어낸 버전으로 지면에 실을 수 있었다.

그럼에도 불구하고 길을 잃는 이를 위한 팁

긴 글에 관한 글을 쓰는 나조차도 꽤 여러 번 길을 잃었다. 글을 쓰다 보면 옆길로 샐 수 있다. 어쩌면 헤매는 게 당연하다. 그럴 땐 쓰고 있는 도구를 바꿔보자. 만약 노트에서 쓰기 시작했다면 PC나 모바일 화면으로, PC에서 작성 중이라면 출력해서 읽어보면 도움이 된다. 가급적 멀리서, 현재 작성 중인 글을 한눈에 살 피면 내가 하려는 말, 글의 주제를 환기할 수 있다.

그래도 정 써지지 않는다면? 서사가 있는 음악을 듣는 것도 방법이다. 김연수 소설가는 인터뷰를 통해 이렇게 말했다.

음악 장르 중에 특별히 글이 잘 써지는 장르가 있는데요. 과거에는 영국의 모던 록이 그랬고, 지금은 젊은 작곡가가 만든 클래식이 특히 그래요. 이들 대부분이 영화 OST 작업을 많이 해서 OST도 자주 듣고요. 글을 쓰다 보면 이야기가 중구난방일 때가 있습니다. 이걸 한 방향으로 이끌어야 하는데 그럴 때 서사가 있는 음악을 찾아 듣는 것이죠. 한데 OST는 조건이 붙습니다. 제가 이미 본 영화의 OST는 듣지 않습니다. 저도 모르게 영화의 스토리가 생각나서 소설을 쓰는 데 영향을 끼치거든요._매거진 〈B〉 편집부, "Interview 8: 김연수",《잡스 - 소설가》, 레퍼런스 바이 비

김연수를 인터뷰했던 서재우 에디터는 첫 문장을 쓰는 데 오랜 시간이 필요한 사람이다. 그와 글쓰기에 관해 대화를 나눈 적이 있는데, 반복되는 리듬을 좋아해 테크노나 엠비언트 등의 전자

글쓰기의 쓸모

음악을 주로 듣는다고 한다. 이따금 가요도 듣는다. "국내 아이돌 인피니트의 〈내꺼하자〉나 에이핑크의 〈1도 없어〉를 듣기도 해요. 적당히 신나면서 비트 있고 목소리가 거슬리지 않아서 좋아요."

나도 본격적으로 글을 쓰기로 마음먹을 때면, 가사가 없는 또는 알아들을 수 없는 언어로 된 음악 CD를 여러 장 챙긴다. 주로 잔잔한 실내악이나 합창 계열의 클래식, ECM 레이블 음반들이 적합했다. 이 책을 쓰는 동안 주로 들은 음반은 우연히 발견한 넷플릭스 오리지널 〈더 크라운〉 시즌 4 OST와 호주 출신의 루크 하워드가 작곡한 앨범이자 동명의 영화 사운드트랙 〈The Sand That Ate the Sea〉다. 둘 다 아직 영화나 드라마를 보지는 않았는데, 음악에서 느껴지는 서사가 좋아서 새로운 장면을 상상하게 된다.

앞선 워크시트에서 고른 글의 내용으로 강연을 한다고 가정하고, 내러티브가 있는
발표 자료를 만들어보세요.

인생은 기니까
함께 가야 한다

긴 글쓰기는 대부분 마라톤처럼 지난하고 괴로운 작업에 가까울 때가 많았다. 대신 사람들이 그 글을 좋아해주면 괴로운 만큼 더 기뻤다. 그들이 내 글에 반응하고 이야기할 때, 앞으로도 계속 글 쓰는 삶을 달릴 수 있을 것만 같다. 글을 쓰는 데에는 동료가 꼭 필요하다.

롱런의 조건

'롱런'만큼 남용되는 단어도 없다. "우리 롱런합시다"라고 말한 사람 치고 실제로 롱런하는 사람은 많이 못 봤다. 그만큼 실천하기 어려운 말이다. 롱런이란 무엇인가. 사전에서는 이를 연극, 영화 등 어떤 작품의 장기 흥행, 스포츠 분야에서 챔피언이 여러 도전자를 방어하여 선수권을 장기간 보유하는 것으로 정의한다. 이 글에서는 롱런의 범위를 확장하여 '어떤 일을 할 때 쉽게 지치지 않고, 좀 더 오래도록 할 수 있는 체력과 마음을 갖추고 이를 실천하는 것'으로 말하려고 한다.

2010년, 내가 스물일곱 살 때 아버지와 함께 풀코스 마라톤을 완주했다. 처음이자 마지막으로 길게long 뛰어본run 경험이다. 겨우 한 번 완주한 걸로 롱런에 관해 무언가 쓰자니 부끄럽지만, 그럼에도 내게 배움과 경험은 있다. 이는 달리기뿐 아니라 다른 분야에도 적용될 수 있다. 만약 당신이 지금의 커리어를 토대로 새로운 방향으로 오래 나아가려 한다면, 갓 테니스를 배우기 시작해 이제 막 포핸드와 백핸드 폼을 익히며 좀처럼 늘지 않는 실력으로 고민하고 있다면(사실 이건 내 이야기다), 한 권의 책을 쓰고 싶은데 서문부터 막막하다면, 투자자로서 장기적 관점으로 포트폴리오를 구상하고 있다면 이어지는 세 가지 조건을 각자 상황에 적용해봐도 좋다.

첫째, 시간을 충분히 쓰자. 요즘 사람들은 다들 바쁘고 마음이 급하다. 나 역시 바쁘고 마음도 급했다. 초보가 처음 풀코스 마라톤에 도전하여 안정적인 페이스로 완주하려면 최소한 6개월을 꾸준히 달리며 연습해야 한다는 글을 읽은 적이 있다. 그걸 알면서도 실제로 연습한 기간은 대략 2~3개월이었다. 그 결과, 대회 당일 페이스가 불안정했다. 42.195km를 나는 5시간 11분 6초에, 아버지는 5시간 16분 38초에 완주했다. 내 평균 페이스를 다시 계산하면 7분 30초 대다. 1km를 보통 5분 30초 대에 달리는 사람 기준으로는, 후반부 페이스가 무너졌다는 말이다.

둘째, 스스로의 한계를 인지하자. 한계를 알려면 최선을 다해봐야 한다. 그걸 토대로 비교군이 생긴다. 매우 빠르게 뛰어보고, 적당히 뛰어보고, 반대로 매우 느리게도 뛰어봐야 내게 맞는 페이스를 찾을 수 있다. 자동차에 에코 모드가 있듯이, 사람도 적정 속도가 있다. 나는 스스로 판단하기에 1km를 5분 30초 전후로 달리는 편이 안정적이었다. 욕심을 부려 4분대로 뛸 수도 있지만 내 페이스보다 빨리 뛰면 호흡이 금세 힘들어졌다. 이는 풀코스 대회에 참가하기 전, 5km와 10km 대회를 수차례 완주하거나 연

글쓰기의 쓸모

습을 통해 얻은 숫자다. 다만, 풀코스 완주를 목표로 하면 거리를 감안하여 6분대 정도면 적당하다고 생각했다.

우리는 각자 누군가의 러닝메이트다

셋째, 러닝메이트는 꼭 필요하다. 달리기 자체는 혼자 하는 행위가 맞다. 하지만 그동안 경험해본 적 없는 긴 거리를 뛰려면 러닝메이트가 절대적으로 도움이 된다. 내 페이스를 지속적으로 유지할 수 있고 무엇보다 체력적인 한계에 다다랐(다고 지레짐작하고 포기하려고 마음 먹)을 때, 조금 더 뛸 수 있는 놀라운 힘을 선사한다. 어느 순간 달리기가 나만의 영역을 벗어나 타인과 영향을 주고받는 공적 영역으로 확장되는 것이다.

춘천에서 열린 풀코스 마라톤 대회에서 아버지와 나는 공지천 운동장을 출발해 의암호를 따라 북쪽 방향으로 달렸다. 등산과 달리기로 기본 체력을 다져온 아버지는 의외로 초반부터 나보다 앞서 뛰고 있었다. 그런 아버지의 등을 바라보며 나도 열심히 뛰었다. 달리기가 되게끔 하는 최소한의 기능 외에는 아무것도 신경 쓰지 못했다. 내 발이 현재 어떤지, 도로는 평탄한 편인지, 이 길이 오르막인지 내리막인지, 언제쯤 급수대가 있을지 정도의 생각만이 순서를 바꿔가며 머릿속을 둥둥 떠다녔다.

'포기하고 싶다'는 생각은 예상보다 일찍 찾아왔다. 알록달록한 단풍이 의암호 수면에 아름답게 반사되고 있는데, 우리는 짙은 가을 풍경을 만끽할 여유도 없이 춘천댐을 기점으로 다시 남쪽으로 내려가야 했다. 겨우 반환점을 지났는데, 이만큼 더 달려야 한다는 사실이 나를 서서히 압박했다. "39km 즈음에서 도저히 못 뛰겠더라. 말 그대로 터벅터벅 걷다가 결국 무릎을 꿇었어." 나보다 먼저 풀코스에 도전했다가 포기한 친구의 말도 생각났다. '39km까지 달리면 그동안 달린 게 아까워서라도 완주할 것 같은데'라는 생각이 무색할 정도로 25km 지점의 나는 당장 고통스럽고 괴로웠다.

그즈음 아버지도 서서히 지쳤는지, 처음보다 속도가 줄어들었고 어느새 내가 앞서 나가기 시작했다. 돌이켜보면 그 순간 완주를 결심했던 것 같다. 25km 이후부터 결승선까지 나보다는 러닝메이트를 위해 달렸다. 내가 그동안 아버지의 등을 바라보며 힘을 냈으니, 이제는 내 등을 바라보며 뛸 아버지를 생각했다. 그걸 책임감이라 부르든 끈기라 부르든, 어쨌든 러닝메이트가 없었다면 롱런은커녕 도중에 포기하지 않았을까?

흔히 러닝메이트라고 하면 늘 곁에 머물며 지치지 않고 페이스를 이끌어주는 초인적 존재를 상상하기 쉽지만 현실은 다르다. 러닝메이트 역시 불완전한 존재이기에, 어떤 요인 때문이든 먼저 지칠 수 있다. 그럼 서로 역할을 바꾸면 된다. 내가 누군가의 러닝메이트가 되는 것도 결과적으로 롱런할 수 있는 방법이다. 성취에 대한 보상이 스스로에게 돌아오므로 자기 강화self-reinforcement로 연결된다는 장점도 있다.

롱런의 조건은 간단하다. 시간을 충분히 확보하기. 내 한계를 인지해 무리하지 않기. 목적을 함께 이룰 러닝메이트를 찾기. 만약 러닝메이트를 찾기 어렵다면? 5년 뒤, 10년 뒤의 '나'를 가상의 러닝메이트로 삼으면 어떨까? 미래의 나를 기준으로 어떤 목표를 성취했을 때의 기쁨을 상상해보면 현재의 내가 무엇이든 시작하지 못할 이유는 없다. 무엇보다 시간을 가지고 있기 때문이다. 그 소중한 시간이 지금도 똑바로 흐르고 있다. 그동안 이런저런 이유로 미뤄온 목표가 있다면, 오늘이라도 조금씩 시작해보자.

본 글은 매거진 〈휘슬WHISTLE〉 창간호에 실은 글을 보강했다.

글쓰기 동료가 있나요? 당신의 강점, 부족한 점을 써보고, 타인에게 어떤 도움을 주는 동료가 될지 적어보세요.

☐ 글쓰기 동료의 글을 꼼꼼히 읽었나

☐ 어떤 점이 좋았나

☐ 어떤 점이 글쓰기 동료다운 글이라고 생각하는가

☐ 나라면 다르게 표현했을 부분이 있는가

☐ 나는 하지 못한, 본받고 싶은 부분이 있는가

☐ 아쉬웠던 부분과 그 이유는 무엇인가

☐ 글쓰기 동료가 다룬 주제와 비슷한 글, 그 주제에 도움이 될 만한 글을 추천할 수 있는가

그때의 기록으로
더 나은 오늘을 살려고
노력한다

—

1. 지금 이 글을 쓰는 이유

2020년 1월 31일, 고수리 작가의 강연을 들었다. 그는 글쓰기를 어려워하는 사람을 위해 누구나 한 번쯤 써볼 법한 글감 네 개를 소개했다. 유년의 기억, 사무친 순간, 꿈의 기록 그리고 살아 있는 말이다. 그중 사무친 순간은 주로 아픔, 상처, 고통, 슬픔, 우울 등 어둡고 부정적인 기억을 수반한다고 덧붙였다. 고수리는 강연 중에 이렇게 말했다. "직면하기 어렵겠지만, (사무친 순간에 관해) 한 번쯤은 써보시길 권해요. 기왕이면 공적인 글쓰기를 통해서요."

내게도 그런 소재가 있다. 그 소재로 글쓰기를 여러 번 시도했지만 상황상 쓸 수 없었다. 어떻게 풀어야 할지도 막막했다. 그럼에도 이 글을 써야 하는 이유는 명확했다. 당시 경험을 털어놓아야 다음 글쓰기로 나아갈 수 있기 때문이다. 이걸 계속 피하다 보니 나의 모든 말과 글이 그 기억 주변을 맴돌거나 반복하고 있었다. 2017년부터 현재까지 느끼고 생각해온 바를 적고자 한다. 평소의 글보다는 담백하지 못함을 미리 밝힌다.

2. 결혼 때문에

2018년 5월 12일, 나는 양수현과 결혼했다. 지난 3년을 돌이켜보니 나에게 일어난 대부분의 변화 역시 결혼이 계기였다. 결혼하면서 처음으로 부모에게서 독립했고, 결혼하면서 처음으로 인생이 내 뜻대로 되지 않는다는 걸 배웠다. "항상 먼저 사과하렴""(아내와 다퉈봤자) 이미 전쟁에서 졌으니 전투는 의미 없어. 전투에서 이기려고 발버둥 치지 마". 부부의 세계로 먼저 건너간 용감한 친구들은 공존을 위한 팁을 전했다. 성인 두 사람이 갑자기 한 지붕 아래 살아야 하는데 마찰이 없는 게 오히려 이상하지 않을까? 우리 역시 다양한 문제로 티격태격했다.

본 결혼식에 앞서 운경고택에서 '청첩' 행사를 준비할 때는 좌탁 위에 서예용 붓을 몇 개 놓느냐는 문제로 다투기도 했다. 나는 그날 방문할 손님 숫자 중 서예를 동시에 할 법한 인원을 고려해 두 개면 충분하다고 했고, 수현은 네 개를 고집했다. 행사가 당장 내일인데 준비한 붓이 두 개뿐이라 수현 말대로 하려면 화방에서 두 개를 더 사 와야 했다. 아마도 내가 가야겠지. 나는 저항할 수밖에 없었다.

참고로 나는 건축을, 수현은 미술을 전공했다. 건축과 미술이 추구하는 미감美感은 다르다. 건축은 모든 선택에서 논리와 체계를 찾고 때때로 숫자 계산을 요구한다. (학부 때는 건물의 유동 인구를 파악하여 화장실에 몇 대의 변기를 놓는 것이 최적인지 배우기도 했다.) 정해진 예산 내에 튼튼하면서 기능적인 건물을 지어야 하기 때문이다. 아름다움은 다음 순위다.

"난 두 명씩 마주 앉아 네 명이 붓글씨를 하는 그림을 상상했어." 수현의 그림에 공식은 없다. 대신 나름의 원칙이 있었다. 첫째, 미술에서 가성비는 중요하지 않다. 논리보다 미학적인 판단이 앞선다. 둘째, '데꼬보꼬でこぼこ, 凸凹'가 있어야 한다. 채움과 비움, 모자람과 넘침이 좋은 비례감으로 있어야 한다. 물론 비례감은 수현이 판단한다.

서로의 다름을 받아들이고 나니 어느 순간부터 놀라울 정도로 다툼이 줄었다. 그렇게 우리는 서로를 이해하고 현명하게 문제를 해결해가며 팀워크를 맞췄다. 참, 그날 행사는 다행히 붓 두 개로 잘 마쳤다. 전날 다투고 화해하느라 붓을 사러 갈 시간을 놓치기도 했고.

3. 결혼 덕분에

'결혼하기 곤란한 시대'라는 말이 무색하게 함께 살면서 기쁜 순간이 많았다. 어쩌다 보니 수십 번의 집들이를 했고, 수현은 결혼 1주년을 맞아 그간의 살림살이를 정리할 겸 친구와 동네 사람을 초대하는 '중고 부부 장터'를 제안했다. 또 행사를 열겠다고? 잠시 고민했지만, 호텔 레스토랑에서 밥 한 끼 먹으며 기념하는 것보다는 여러 사람과 웃음을 나누는 게 더 우리답다고 느껴서 동의했다.

나는 투덜거림이 잦지만 일단 하기로 정했으면 최선을 다하는 편이다. 우리 둘은 집안 구석구석을 쇼룸으로 바꾸느라 행사 전날 새벽 3시가 넘어서야 잘 수 있었다. 막상 당일에는 시간이 어찌 흘렀는지 모르겠다. 대부분의 물건을 1000원, 2000원 단위로 싸게 팔았는데, 그날 매출을 정산해보니 100만 원이 조금 안 되었다. 우리는 성공적인 마무리를 자축하며 곧장 뻗었다.

신혼집 스타일링을 미술 전공자에게 전적으로 맡긴 덕분에 집 분위기는 아늑하고 화사해졌다. 다양한 미디어와 인터뷰를 했고, 우리가 전셋집에서 벌인 1년 동안의 활동을 발표하는 기회도 있었다. 어쩌면 신혼부부의 소꿉장난처럼 보일 법한 활동인데 다른 이의 눈에는 어떻게 보였을까? 인터뷰를 정리한 이현아 에디터의 표현처럼 '엄연히 둘만의 공간이지만 타인에게도 열려 있고, 다양한 이야기가 오가는 집'이 되기를 바랐다. 인터뷰 속에는 갓 결혼한 부부의 보편적 고민도 있었다. 우리는 지금 살고 싶은 집에서 살고 있는 걸까? 우리가 살 곳은 어디에 있을까? 아이는 꼭 낳아야 할까? 그럼 두 사람의 커리어는?

(이현아 에디터) 첫 독립을 한 두 사람이 꾸린 첫 공간이잖아요. 두 분에게 이 집은 어떤 의미인지, 함께 산 지 반년이 지난 지금 서로에게 하고 싶은 말이 있는지 궁금해요.

(현) 동화책 《두 사람》을 우연히 읽었어요. 마지막 페이지에 이런 글이 있더라고요. "두 사람이 함께 사는 것은 함께여서 더 어렵고 함께여서 더 쉽습니다." 이 집은 두 사람이 처음으로 함께 산 공간이라 오래도록 기억에 남을 것 같아요. 물론 저희 소유의 집이 아니기 때문에 언젠가 이곳을 떠나야겠죠. 그리고 그때는 두 사람이 아니라 세 번째 사람이 생길 수도 있고요. 함께 산 지 이제 막 반년이 지난 수현에게는 앞으로도 잘 부탁한다고 말하고 싶어요. 적어도 아직은 함께여서 많은 부분이 더 쉽다고 느끼거든요._볼드피리어드 편집부·직방, "둘은 조금 더 쉬운가요? 양수

　　　　　　　　글쓰기의 쓸모

현&손현", 〈디렉토리〉, No.2 Companion, 볼드피리어드

〈디렉토리〉와 인터뷰한 날로부터 이틀 뒤, 그러니까 2018년 11월 27일 화요일 오전. 수현의 임신 사실을 알았다. 임신 테스트 키트에 선명하게 나타난 두 줄을 보며 수현은 감격해 울었다. 우리는 아직 이름도 없는 생명체를 (인터뷰에서 세 번째 사람을 암시한 것처럼) '사람'이라 부르며 매일 일기를 쓰기 시작했다. 이대로 산부인과를 다니다 보면 남들처럼 아기를 낳고 자연히 부모가 되는 줄 알았다. 현실은 그렇지 않았다.

임신 여부를 확인하기 위해 산부인과를 찾았다. (…) 선생님은 씩 웃으면서 "임신이네요"라고 말했다. (…) 초반에는 유산 가능성도 조금 높지만, 열흘만 지나면 안정권에 들어간다고 했다. 그러고 보니 우리는 임신에 대한 지식이 전무했다. 커피는 마셔도 되는지, 날 것은 먹어도 되는지, 먹다 만 엽산은 계속 먹어야 하는지, 몇 달 정도 지나야 배가 나오는지. 심지어 예정일을 계산하는 법도 예상과 달랐다. 공부할 게 많아졌다. 병원에서 출력해준 아기집 사진을 들고 병원을 나서는데 걸음이 조심스러워졌다. 코트로 배를 여미고, 현은 나를 감싸 안았다. 현은 회사로 나는 집으

로 돌아오는데, 헤어지는 순간 눈이 마주쳤고 울컥했다. 얼마 전까지 우리가 연애하고 결혼한 것도 신기했는데 이제는 엄마 아빠라니. 인연이라는 게 신기한 일투성이다._2018년 11월 28일 수요일, 수현의 일기

4. 세 번째 사람에 대한 기록

슬픔은 준비할 새도 없이 일상을 덮었다. 양가 부모님과 직장 동료에게 임신 소식을 조심스레 알리며 축하 인사를 받은 지 겨우 보름쯤 되었을까. 2018년 12월 14일 금요일 오후 5시 55분, 사무실에서 수현의 전화를 받았다. "오빠, 나 배가 계속 아파. 피도 좀 나오고." 그 전화를 기점으로 '사람'이 우리 곁을 떠나는 데 걸린 시간은 단 하루였다. 하루 동안 기억나는 장면이 많아 그때를 떠올리면 여전히 괴롭다. 하물며 이걸 온몸으로 겪은 수현은 어땠는지 감히 상상할 수 없다.

"아직 아기는 무사해요. 심장도 뛰고 있고요." 의사가 일단 우리를 안심시켰다. 심장 소리도 들려줬다. 아, 다행이네. 안심한 것도 잠시, 의사는 진찰을 마치고 무거운 이야기를 꺼냈다. 어제저녁

보다 심장 박동수가 거의 절반가량(138 bpm → 71 bpm) 줄었다고 했다. 안 좋은 경우로 갈 가능성이 높으니 마음의 준비를 하라는 의미였다. 하혈할 때 구체적으로 어떻게 될지도 알려줬다.

예상하지 못한 소식에 모두 말문이 막혔고 수현과 어머님은 다시 눈물을 흘렸다. 의사는 본인에게 자녀가 둘 있는데 그전에 유산을 두 번이나 했다고 하며 우리를 위로하려 했지만 딱히 위안이 되지는 않았다. 적어도 중요한 메시지를 전하긴 했다. 자신의 사례를 들어, 지금의 시련을 잘 극복하고 결국에는 출산까지 잘할 수 있다는 것.

슬프고, 안타까운 감정은 어쩔 수 없지만, 이 상황을 어떻게든 빨리 받아들여야겠다는 생각뿐이다. 집안 공기가 계속 무겁지만 며칠간은 이걸 견뎌야 한다. 그리고 잘 회복해야 할 것 같다. 반찬 거리까지 장을 봐주신 어머님과 아버님을 보내고 둘만 남은 집에서 마지막으로 여기까지 글을 정리한다._2018년 12월 15일 토요일, 나의 일기

무거운 공기를 견디기 위해 필요한 건 긍정적 마음가짐이나 누군가의 위로가 아니었다. 나는 납득할 만한 이유를 찾고 싶었다.

"정자와 난자가 수정이 되어도 끝까지 건강히 자랄 수 있다고 판단하지 않으면 스스로 소멸해버려요." 의사는 이게 자연의 섭리라고 설명하며 임신 초기에 자연 유산할 확률은 15~20%라고 덧붙였다. 자연이 이렇게 냉정하고 무서울 수 있다는 걸 이때 처음 깨달았다.

'사람'을 떠나보낸 토요일 저녁, 수현을 재우고 홀로 거실에 앉아 '자연 유산' '계류 유산' 등의 단어를 검색했다. 비슷한 경험을 겪은 사람들의 사연이 눈에 들어왔다. 그 사연을 차근차근 읽으며 그날 밤 소리 죽여 눈물을 훔쳤다. 이름도, 얼굴도 모르는 이들이 기록한 슬픔을 바라보며 처음으로 위안을 받았다. 가장 도움이 된 문장은 대략 이런 내용이었다. "유산이 되어도 그 유산에 대해 엄마의 잘못은 없습니다. 미안해하며 몸과 마음이 상하지 않으셨으면 좋겠습니다."

5. 몇 가지 교훈

몸은 회복했지만 마음은 더디게 여물었다. 계절이 두 번 지나고 나서야 우리는 웃음을 찾을 수 있었다. 그때 경험은 내게 몇 가지

글쓰기의 쓸모

교훈을 주었다.

눈물을 참지 말자. 슬픔이라는 감정을 나는 그동안 얼마나 외면해왔을까? 울지 못하는 상황이 반복되면서 답답한 감정이 몸에 쌓이는 기분이 들었다. 이는 1년 사이에 할아버지와 큰아버지의 부고를 접한 뒤에도 마찬가지였다. 만약 슬픔이 상대적인 감정이라면, 오열하는 사람 앞에서 나는 감정을 숨기게 됐다. 나라도 평정심을 유지해서 상대를 위로해줘야겠다는 생각에 정작 내 슬픔은 아무도 보지 않는 곳에 흘릴 뿐이었다.

절망 속에서 믿고 의지할 데는 가족뿐이다. 직접적인 아픔은 처가 식구들과 더 가까워지는 계기가 됐다. 직장을 다니고 있음에도 장모는 거의 매일같이 손수 끓인 미역국을 가져다주셨다. 묵묵히 딸을 보살피는 어머니의 강인한 마음을 엿볼 수 있었다. 수현이 수술실에 있는 동안 장인어른과 대기실에서 함께 있던 순간도 기억한다. 엄해 보이는 인상과 달리 속정 깊은 장인어른은 그날따라 말 한마디 없이 자리를 지켰다.

영적으로 의지할 곳도 필요하다. 2017년 9월 퓨리서치센터에서 발표한 자료에 따르면 미국에서 가장 빠르게 증가하는 종교 성향은 '영성을 믿지만 종교적이진 않다spiritual but not religious'라고 한다. 이 비율은 27%로 미국 성인의 네 명 중 한 명 꼴에 해당한다.

돌이켜보면 우리도 그렇다. 수현과 나는 가톨릭 신앙을 가지고 있지만 바쁘다는 핑계로 성당에 거의 나가지 않았다. 2018년 겨울은 달랐다. 우리는 자기 전마다 손에 잡히는 크기의, 뭉툭하지만 단단한 나무 십자가를 손에 쥐고 주문처럼 기도문을 읊었다. 특정 종교에 대한 직접적인 기대보다는 그 행위 자체가 주는 효용이 있었다. 나이가 들면 들수록 영성이 필요하다는 말을 이제는 이해한다.

그럼에도 일상을 지속하는 일은 중요하다. 부부의 삶은 이인삼각二人三脚 달리기 같다. 서로 한쪽 발이 묶여 있기 때문에 한 명이 넘어지면 다른 한 명도 같이 넘어질 수밖에 없다. 그 상황이 오래가면 좋지 않다. 둘 다 무너져서는 안 된다는 생각으로 일상을 더욱 챙겼다. 수현이 집중적으로 하혈하는 동안 피로 얼룩진 속옷을 하루에도 몇 번씩 손으로 빨았다. 식물을 대하는 관점도 달라졌다. 힘든 겨울을 버티고 새순을 드러내는 식물을 바라보며 기뻤던 그 순간을 기억한다.

사무친 기억을 글로 쓰자. 비슷한 경험을 겪은 이들의 고백이 아니었으면 나도 버티기 힘들었을 것이다. 그들의 사연을 읽으며 두 가지 생각을 했다. '우리만 이런 비극을 겪는 건 아니구나' '나처럼 이유를 찾고자 하는 사람을 위해 언젠가 나도 글로 정리해야겠다'. 기록은 우리 부부를 위한 것이기도 했다. 글쓰기가 가진 힘을 다시 느꼈다.

마지막으로 의료 시스템에 대한 공부가 필요하다. 유감스럽게도 일련의 과정을 겪는 동안 의료 시스템에 대한 불신은 커졌다. 수현이 처음 통증을 호소한 날은 금요일 오후였다. 원래 다니던 서대문역 근처 산부인과에 연락했더니 의사가 기다리겠다며 일단 오라고 했다. 하필 차가 많이 밀렸다. 병원 앞까지 거의 다 온 환자에게 의사는 본인의 세미나 약속 때문에 더는 못 기다리겠다며 다른 병원으로 가라고 했다. 나는 여전히 그의 사정을 이해하기 어렵다. 결과적으로 그 후의 진단과 유산 판정은 각각 다른 병원에서 이뤄졌다.

다른 병원이라고 다르지 않았다. 처음부터 그 병원의 환자가 아니었던 수현은 모든 의사에게 돌아가며 검사를 받았다. 의사를 선택할 권리도 없었고, 예약을 해도 항상 오래 기다려야 했다. 의료진 입장에서 매 순간이 응급 상황일 수는 없다. 그들 역시 직업인이기에 감정 노동을 요구할 수도 없다. 하지만 적어도 우리가 목격한 산부인과의 의사들에게는 직업 윤리가 부족했다. 그들의 부족함이 환자에게는 상처로 남는다. 심지어 수현을 되돌려 보냈던, 처음 다니던 산부인과의 의사에게는 이후 어떻게 됐는지 확인 연락조차 없었다. 몇 개월 뒤 그 병원에서는 의미 없는 예약 알림 문자만 덩그러니 왔다. 임신에서 출산까지 대안이 있을까? 내게도 공부가 필요해 보인다.

의료진은 모든 것을 "전문가에게 맡기"길 원했다. 나는 나의 몸과 아기에게 두고두고 영향을 끼칠 출산에 관련한 모든 결정권을 내려놓아야 했다. 출산이라는 내 삶의 소중하고 매우 의미 있는 사건으로부터 나는 가장 소외받는 대상이 되었다.

…

임산부들은 의료진이 일반적인 내진을 할 때, 진행 상황을 알려주지 않을 때, 자기들끼리 일상적인 농담을 주고받을 때 불쾌감 혹은 모욕감까지 느낀다고 했다. 한 여성은 산전 진단에 대해 이렇게 언급하기도 했다. "의사에게 나는 한마디로 구멍일 뿐이야, 내가 물건화된다고 할까…." 그러면서 "항상 진료가 끝나면 묘한 상실감을 느낀다"고 했다. 의료화 출산에서 임산부들이 경험하는 신체의 물상화는 임산부들에게 스스로에 대한 연민을 갖게 하거나 임신과 출산 과정 동안 겪은 부당한 대우에 대한 분노를 일깨우기도 한다. _전가일, 《여성은 출산에서 어떻게 소외되는가》, 스리체어스

6. 만약 결혼하지 않았다면

드니 빌뇌브 감독의 〈컨택트〉는 시간의 개념을 뒤집는 SF 영화다. 시간이 과거, 현재, 미래 순으로 흐르지 않는다는 가정 아래 우리의 기억과 선택에 대해 철학적 질문을 던진다. 현재의 내가 미래의 '나'를 알고 있을 때, 현재의 '나'는 여전히 그 선택을 할 수 있을까? 그렇다면 현재와 미래를 구분하는 것이 의미가 있는지 묻는다. 개인적으로는 후반부에 주인공인 루이스와 이안이 나눈 대화가 인상적이었다. 루이스를 사랑하는 이안은 루이스에게 아이를 갖고 싶은지 물었고, 루이스는 (딸 하나가 희귀병으로 죽을 것임을 알면서도) "예스"라고 답한다. 가끔 스스로에게 묻는다. 내가 만약 결혼하지 않았다면? 수현을 만나지 않았다면? 삶은 분명 다른 방향으로 흘렀겠지. 나도 내 선택을 후회하지는 않는다.

삼촌: (그리스 여행 사진을 보냄)

나: 여긴 가본 적이 없는데, 나중에 가봐야겠어요. 그나저나 10월 쯤 수현과 늦은 휴가로 발리에 갈 듯싶어요.

삼촌: 자주 여행 다니도록 해. 난 예전에 충분히 그러지 않아서, 딸들에게는 늘 여행을 많이 다니자고 약속하거든.

나: 일만 하지 않고, 여행에도 시간을 쓰려고 노력할게요. 쉽진 않겠지만요. (저를 포함하여) 많은 사람들이 자신의 일에 중독되어 있어요. 이런 면에서는 결혼이 균형을 유지하는 데 꽤 도움이 된다고 생각해요. 제가 아직 싱글이었다면, 점점 더 많은 양의 일을 하다가 완전히 소진됐을 것 같거든요.

삼촌: 혹은 네가 이미 결혼했기 때문에 그렇게 생각할 수도 있지. 네가 지닌 가능성으로 어디까지 할 수 있는지 알고 있지? 그런데 이제는 그만큼 할 수 없다는 사실을 깨달았을 거야. 우리 모두는 현실과 절충하거든. 그리고 옳은 선택이라고 스스로를 확신시키지.

나: 동의해요.

삼촌: 쉬운 일은 아니야. 어쨌든 너도 사랑하는 사람을 위해 가장 나은 사람이 되어야 할 거야.

_2019년 3월 29일, 삼촌과의 대화

맨해튼에 있는 삼촌과 카카오톡으로 대화를 나누면서 내 인생이 이미 다음 단계로 넘어가고 있음을 느끼기도 했다. 실제로 요즘 가장 관심 있는 주제는 인생, 가족, 사회, 책임, 부富, 교육 등이다. 어떻게 하면 부부로서 더 나은 삶을 꾸릴 수 있을지 고민한다. 삼촌의 말처럼 내가 이미 결혼했기 때문에.

글쓰기의 쓸모

7. 기쁠 때나 슬플 때나

내 삶의 또 다른 가치는 자유다. 그동안 결혼 생활에 어떤 문제가 발생하면 결혼이 내가 추구하는 자유와 충돌하기 때문이라 생각했다. 자유로운 상태라면 인생의 그 어떤 고민이나 마찰도 없을 거라 느꼈다. 하지만 앞서 지난 3년 동안 나에게 일어난 대부분의 변화가 결혼 때문이라고 말한 것처럼 이제는 생각이 바뀌었다. 결혼을 혼인 계약으로 좁게 볼 수도 있지만 나에게 결혼은 그 이상을 의미한다. 기쁠 때나 슬플 때나 수현과 함께하며 그 어느 때보다 삶이 감정적으로 깊어지고 풍성해졌다. 이건 부정할 수 없는 사실이다.

2019년 봄에는 나에게 극한의 자유를 선물했던 모터사이클을 중고로 팔았다. 특별한 계기는 없었지만 그때의 나와 이제는 사이좋게 이별해야겠다는 생각으로 결정했다. 그날 아침은 분주했다. 오전 7시 20분 테니스 레슨을 마치고 서브 연습을 더 했다. 그새 날이 밝아져 테니스 코트의 조명을 껐다. 수선 맡긴 바지를 찾아 집으로 오자마자 2주 동안 쌓인 재활용품을 버렸다. 화분에 물을 주고 거실의 책상과 책장도 정리했다. (이즈음에 수현이 깨어났다.) 샤워를 마치고, 열쇠를 들고 지하 주차장으로 가 한동안 잠들어 있던 모터사이클을 깨웠다.

"유라시아까지 함께한 바이크인데 서운하시겠어요." 의정부에서
온 1963년생의 남자가 말했다. 잠시 입술을 다물었다. 이 감정을
서운함이라 말하는 게 맞을까 싶었지만, 어쨌든 슬픈 감정은 맞
다. 한편으로는 홀가분하기도 했다. 슬프면서 동시에 기뻤다. 그
래, 이제는 새 주인에게 잘 보내주자. 새 주인은 호주를 바이크로
횡단했던 이야기를 책으로 준비 중이라고 덧붙였다. 안전히 그리
고 즐겁게 타시라는 인사를 드리고 출근했다._2019년 2월 12일,
인스타그램 포스팅

결국 감정이 전부다. 한때 살고 싶은 대로 살아보면서 내린 결
론이었는데 여전히 내 삶을 지지하는 명제가 될 줄은 몰랐다. 감
정이 내 삶을 더욱 풍성히 가꿀 수 있다고 믿는다. 그동안 기쁨을
주로 좇았다. 앞으로는 잔잔한 기쁨을 모두 끌어내릴 만큼의 슬
픔도 겪을 것이다. 그 냉정한 사실이 여전히 무섭다. 하지만 이제
는 기쁨과 슬픔, 설렘과 아픔 모두 받아들이려 한다. 그때에도 담
담하게 시간을 견딜 수 있기를 바란다. 영화 〈콜 미 바이 유어 네
임〉에서 펄먼 박사가 실연의 아픔을 겪고 있는 아들 엘리오에게

해준 대사는 그래서 더욱 여운이 짙다. 그 대사로 이 글을 마친다.

우리는 상처를 빨리 아물게 하려고 스스로의 마음을 너무 도려내지. 그러다 서른쯤 되면 감정이 메말라버려서, 새로운 사람과 관계를 시작하려 해도 점점 마음을 열지 않게 될 거야. 하지만 상처 받기 싫어 아무것도 느끼지 않겠다고? 이 얼마나 낭비니! (…) 어떤 삶을 살든 그건 네 마음이다. 다만 너의 몸과 마음이 인생에서 단 한 번만 주어진다는 걸 기억하렴. 섬세한 마음은 어느새 무뎌질 테고, 몸도 마찬가지겠지. 아무도 너를 바라보지도, 가까이 하지 않으려는 때가 온다. 지금의 슬픔, 아픔, 모두 간직하렴. 네가 느낀 기쁨과 함께 말이다."_영화 〈콜 미 바이 유어 네임〉

새로운 이야기가 시작됐다

"우유 주문하는 거 깜빡했네." 우유를 좋아하는 아내가 말했다. "여보, 우린 지금 전쟁 중이야. 우유가 없으면 집에 있는 두유라도 마시는 게 어때?" 현관 앞에 배송된 식료품을 옮기며 내가 답했다. "그런 당신은 크루아상 먹겠다고 비 오는 날 빵집까지 다녀왔잖아." 대답이 궁해 어색한 변명을 늘어놓았다. "너무 일찍 갔는지 크루아상 아직 안 나왔더라. 꽈배기 사 왔으니 같이 먹자. 우리에겐 고열량의 전투식량이 필요해."

한 달 전 아기가 태어났다. 출생의 감동은 잠시, 육아의 고충이 빠르게 일상을 덮었다. 육아는 체력과 정신력의 싸움이다. 쉬이 잠들지 않는 아기와 씨름하다 보면 날이 밝아오기 일쑤다. 무엇보다 나를 힘들게 하는 건 어긋난 기대가 끊임없이 반복된다는 사실이다. 살면서 남에게 이렇게 바라면서 뭔가를 반복적으로 한 적이 있던가. 아기가 120ml의 모유 또는 분유를 잘 마시고 트림까지 잘하고 푹 자기를 바라지만 내 바람은 종종 실패한다. 기저귀를 갈고 목욕을 시키고 체온을 재고 밀린 빨래와 설거지를 하다 보면 다시 배고프다고 우는 소리가 들려온다.

(전쟁을 경험한 세대는 아니지만) 나도 모르게 전쟁에 임하는 자세가 된다. 분유 포트에 섭씨 40도의 물이 가득 차 있는지, 소독된 젖병은 충분한지, 기저귀나 가제 수건은 가까운 곳에 있는지 등 무기고를 살피는 마음으로 챙긴다. 한낮이든 새벽이든 아기는 배고픔과 불편함을 참지 않기 때문이다. 그도 살기 위해 얼굴이 빨개지도록 최선을 다해 운다.

전쟁통에도 낭만은 있다. 천사처럼 잠든 아기의 얼굴을 보노라면 내 부모의 모습이 겹친다. '(기억하지 못하는) 어린 시절의 나는 이런 모습이었겠구나' '부모님도 꽤나 고생하셨겠구나'라는 생각이 절로 든다. 육아는 어린아이兒를 기르는 게 아니라 나我를 기르는 일이라던데, 어느 순간 인생의 퍼즐 하나를 새로 맞춘 기분이다.

어젯밤에는 출산 후 처음으로 아내와 단둘이 산책을 했다. (잠시 아기를 맡아주신 장모님 덕분이다.) 집 근처에 수령이 450년 가까이 된 은행나무가 있는데 어느새 초록잎이 무성하게 돋아났다. 초록잎 아래에 있는 벤치에 나란히 앉았다. "근데 육아가 힘들다고 말하는 거 사치야. 이렇게 건강히 태어난 것만으로도 다행이잖아." "맞아, 요즘은 하루하루 커가는 게 벌써 아쉽기도 해." 우리 부부는 유산을 경험한 적이 있다. 그때에 비하면 지금의 모든 고생도 얼마나 감사한 일인가.

이불을 덮어주는 마음

돌이켜보면 나는 겉보기엔 모범생이었지만 은은히 부모 속을 썩이는 아이였다. 나 같은 자식을 낳을까 걱정되어 한때 싱글의 삶을 고집한 적도 있다. 잘 다니던 첫 직장을 그만두고, 모터사이클을 타고 노르웨이까지 가겠다고 선언할 때 부모 가슴이 얼마나 철렁했을지 이제는 안다. "누굴 닮아서 어쩜 그리 말을 안 듣니?" "부모가 어떻게 쿨해질 수 있니? 너도 자식 낳아봐라. 그래야 내 맘 알지." 당시 어머니의 말들을 되새겨본다. 아내의 출산을 곁에서 지켜보며 부모의 마음을 조금이나마 헤아릴 수 있게 됐다.

소설가 박완서는 "부모의 사랑은 아이들이 더우면 걷어차고, 필요할 땐 언제고 끌어당겨 덮을 수 있는 이불 같아야 한다"고 말했다. 오늘 밤도 아기는 이불 속이 덥다고 칭얼댄다. 그가 잠들 무렵, 조용히 그 이불을 다시 덮어준다. 나의 부모가 그랬던 것처럼.

본 글은 조선일보 칼럼 '밀레니얼 톡'에 실은 글을 보강했다.

내가 보기에 좋은 것,
남도 알았으면 싶은 걸 알릴 때 쓴다

글쓰기의 쓸모

2021년 6월 9일 초판1쇄 발행

지은이 손현
펴낸이 권정희
책임편집 이은규 | 콘텐츠사업부 박선영, 백희경 | 본문디자인 노양리 | 펴낸곳 ㈜북스톤 |
주소 서울특별시 성동구 연무장7길 11, 8층 | 대표전화 02-6463-7000 | 팩스 02-6499-
1706 | 이메일 info@book-stone.co.kr | 출판등록 2015년 1월 2일 제2018-000078호

ⓒ 손현 (저작권자와 맺은 특약에 따라 검인을 생략합니다)
ISBN 979-11-91211-21-4 (03800)

• 이 책은 저작권법에 따라 보호받는 저작물이므로 무단전재와 무단복제를 금지하며, 이 책 내용
  의 전부 또는 일부를 이용하려면 반드시 저작권자와 북스톤의 서면동의를 받아야 합니다.
• 책값은 뒤표지에 있습니다. 잘못된 책은 구입처에서 바꿔드립니다.

북스톤은 세상에 오래 남는 책을 만들고자 합니다. 이에 동참을 원하는 독자 여러분의 아이디어와
원고를 기다리고 있습니다. 책으로 엮기를 원하는 기획이나 원고가 있으신 분은 연락처와 함께 이메
일 info@bookstone.co.kr로 보내주세요. 돌에 새기듯, 오래 남는 지혜를 전하는 데 힘쓰겠습니다.